Xavier de Montépin

Die Marionetten des Teufels

Xavier de Montépin

Die Marionetten des Teufels

ISBN/EAN: 9783744606639

Hergestellt in Europa, USA, Kanada, Australien, Japan

Cover: Foto ©Andreas Hilbeck / pixelio.de

Weitere Bücher finden Sie auf **www.hansebooks.com**

Die
Marionetten des Teufels.

Vierte Abtheilung:

Das Haus der Geheimnisse.

(Fortsetzung von „Perine Engoulevent".)

Von

Xavier von Montépin.

Deutsch

von

A. Kretzschmar.

Dritter Theil.

Pest, Wien und Leipzig, 1862.

Hartleben's Verlags-Expedition.

Erstes Capitel.

Ein Vertrag.

René überließ sich ganz den Gedanken, von welchen wir einige unſern Leſern mitgetheilt haben, als er aus ſeinem tiefen Nachdenken durch das Geräuſch von Tritten im Garten aufgerüttelt ward.

Er verließ den Pavillon und ſah ſich dem Hüter gegenüber, durch welchen ihm vor wenigen Augenblicken die Schlüſſel übergeben worden.

»Was wünſcht Ihr von mir, mein Freund?« fragte er den alten Mann.

»Ich habe mir überlegt,« ſagte der alte Diener, »daß Sie, mein Herr, vielleicht ſo eben erſt in Paris angekommen ſind und noch nicht Zeit gehabt haben, Ihre häusliche Einrichtung zu treffen. Deßhalb komme ich, um mich Ihnen zur Verfügung zu ſtellen, wenn Sie vielleicht meiner Dienſte auf einige Tage bedürfen. Der Beſitzer des Hauſes, mein Herr, iſt abweſend. Er wird auch ſo bald noch nicht wiederkommen und ich kann daher vollſtändig über meine Zeit verfügen. Obſchon ich alt und gebrechlich bin, ſo kann ich mich doch immer noch nützlich machen und würde Alles, was Sie mir befehlen, beſtens beſorgen.

Ich bin mein ganzes Leben lang Kammerdiener gewesen und kann auch ein wenig kochen.«

»Wie heißt Ihr, mein Freund?«

»Mathieu, mein Herr, Ihnen zu dienen.«

»Wohlan, Mathieu, ich nehme euer Anerbieten sehr gern an und gestehe, daß es mich einer großen Verlegenheit überhebt. Ihr werdet mich bedienen und meine Mahlzeiten bereiten. Die frugalsten Gerichte genügen mir. Hier sind zehn Louisd'or zu den ersten Ausgaben. Seid so gut und kauft mir sofort Schreibmaterialien. Ueberdies bezahlt auch den Wagen, der noch auf mich wartet, und schickt ihn fort.«

Der alte Diener verließ sofort das Haus und kam sehr bald darauf mit Papier, Federn, Tinte, Siegellack u. s. w. zurück.

»In dem Schlafzimmer steht ein Schreibpult,« sagte er. »Zu welcher Stunde wünschen Sie, daß ich Ihnen Ihr Diner auftrage?«

»Um sechs Uhr.«

»Sie können auf meine Pünktlichkeit rechnen, mein Herr.«

René ging in das obere Stockwerk hinauf, setzte sich vor das Schreibpult des Schlafzimmers und schrieb an seinen Kammerdiener, der ihm völlig ergeben war und auf den er unbedingt rechnen konnte. Er befahl ihm, Brest ohne Verzug zu verlassen und sich bei ihm in Paris einzufinden, zu welchem Behuf er ihm seine jetzige Adresse mittheilte. Ueberdies schärfte er ihm ein, diese Adresse Niemanden mitzutheilen, und mehrere mit Wäsche und Kleidern gefüllte Koffer mitzubringen.

Mathieu trug den Brief auf die Post und kam dann wieder, um Feuer in der Küche zu machen.

Der Tag verging. Gegen halb neun Uhr steckte René zwanzigtausend Livres in Gold in seine Tasche, ließ sich einen Miethwagen holen und fuhr dann nach dem Verkaufs- laden eines zu jener Zeit berühmten Waffenhändlers, welcher in der Rue Saint-Antoine wohnte.

Hier kaufte er einen eleganten, guten Degen, den er sofort umgürtete, und zwei kleine Pistolen, welche der Waffenhändler vor seinen Augen lud.

Nachdem diese Einkäufe gemacht waren, setzte der Wagen sich wieder in Bewegung und hielt der von dem Marquis gegebenen Instruction gemäß in kurzer Entfernung von dem durch Dagobert und Goldknopf als Stelldichein bezeichneten Platze.

René kam ein wenig zu früh. Er blieb deshalb im Wagen bis zu dem Augenblicke sitzen, wo es auf der Uhr des Luxemburg zehn schlug.

Dann stieg er aus und ging in die Rue Tombe-Issoire hinein.

Große Wolken verschleierten den Mond, die dichteste Finsterniß herrschte und machte die Straße so dunkel wie eine Höhle.

Der Marquis ging langsam, um sich nicht an das holperige Pflaster zu stoßen. Er erreichte die Mauer, welche sich längs des eingehegten wüsten Platzes hinzog. Er gelangte in die Nähe der kleinen Thür, welche er am hellen Tage mit dem Baron von Kerjean passirt hatte.

In der Meinung, daß es überflüssig sein würde, noch

weiter zu gehen, und da er überdies außerordentlich müde war, so lehnte er sich an die wurmstichige Thür.

So vergingen zwei oder drei Minuten. René begann sich schon über die Saumseligkeit der Banditen zu wundern, als plötzlich eine gedämpfte Stimme, die vom Himmel zu kommen schien, murmelte:

»Herr Marquis, sind Sie es?«

René richtete den Kopf empor und glaubte unklar in der Finsterniß eine schwarze Gestalt zu erkennen, die rittlings auf der Mauer saß.

Er hatte Dagobert's Stimme erkannt und antwortete: »Ja, ich bin es. Ich bin der, welchen Ihr erwartet.«

»Goldknopf,« hob der Zwerg wieder an, »öffne die Thür.«

»Mein Herr Marquis, haben Sie die Güte einzutreten. — Wir sind hier drinnen weit ungenirter als draußen auf der Straße.«

Gleichzeitig hörte René das Schloß ächzen und die Angeln knarren. Er zögerte unwillkürlich, ehe er die Schwelle überschritt und sich aufs Neue in die Gewalt zweier Elenden begab; er bedachte aber, daß dieses Zögern eines Edelmannes unwürdig sei, und trat entschlossen ein.

Die Thür schloß sich wieder hinter ihm. Dagobert verließ mit einem Sprunge den Beobachtungsposten, den er sechs Fuß hoch über der Erde einnahm, und stellte sich neben René und den Riesen.

»Mein Herr Marquis,« sagte er, »ich wußte, daß das Wort eines Mannes wie Sie heilig ist. Wir, Gold-

knopf sowohl als ich, hegten das unerschütterlichste Ver=
trauen. Ohne Zweifel haben Sie unser Geld mitgebracht?«

»Hier ist es,« antwortete René, »aber die Nacht ist
so schwarz — wie wollt Ihr es zählen?«

»Wir sollten Ihnen nachzählen, Herr Marquis? O
pfui! Das wären wir nicht im Stande! — Es sind zwan=
zig Rollen, nicht wahr? — zehn für meinen Gevatter und
zehn für mich. Die Sache ist in Ordnung und wir sind
nun quitt. — Erlauben Sie mir indessen, Herr Marquis,
Ihnen noch einen guten Rath zu geben. Nehmen Sie sich
sorgfältig in Acht und wenn Sie sich wieder schlagen, so
lassen Sie sich nicht morden, denn ich würde höchst wahr=
scheinlich nicht wieder zur Stelle sein, um Sie aufzuheben
und in den unterirdischen Gewölben des Teufelshotels zu
pflegen.«

René stutzte. Dagobert's letzte Worte erinnerten ihn
an das, was er am Morgen desselben Tages von dem
Notar Bonnin in Bezug auf den von Jane's Gatten mit
ihm abgeschlossenen Kauf hatte erzählen hören.

»Des Teufelshotels,« wiederholte er.

»Mein Gott, ja. — Dort hatten wir, Goldknopf
und ich, unser Quartier aufgeschlagen und wurden ver=
gangene Woche von dem Schurken verjagt, mit dem Sie
sich an dem Orte, wo wir jetzt stehen, geschlagen haben.«

»Meint Ihr den Baron von Kerjean?«

»Ja wohl.«

»Aber,« rief René, »der Baron hat ja das Teufels=
hotel gekauft, wußtet Ihr das?«

»Nein, durchaus nicht!« rief Dagobert und schlug

ein lautes Gelächter auf. »Dann haben Sie aber ja in dem eigenen Hause Ihres Mörders ein Asyl gefunden! — Das ist merkwürdig und originell.«

»Wollt Ihr mir einen Dienst leisten?« fragte René.

»O, sehr gern, Herr Marquis. Wie könnten Sie daran zweifeln?«

»Nun gut, dann thut, was Ihr bis diesen Augenblick versäumt habt. Erklärt mir, was von der Stunde an, wo ich, von den Spießgesellen des Barons getroffen, niederstürzte und wo Ihr Euch meiner erbarmtet, vorgegangen ist.«

»Das ist sehr leicht und wird nicht lange dauern.«

Dagobert begann sofort die Thatsachen zu erzählen, welche unsere Leser bereits kennen.

Das Geheimniß der unterirdischen Räume erfüllte René mit Erstaunen. Er errieth fast unwillkürlich, daß irgend eine Schurkerei nach großem Maßstabe in diesen geheimnißvollen Gewölben getrieben würde, in welchen Kerjean fast unaufhörlich umging wie ein böser Geist.

»Wie soll ich das Nähere erfahren?« murmelte er.

»Still!« unterbrach ihn der Zwerg rasch und leise.

Genau in diesem Augenblicke ließ sich ein leichtes Geräusch ganz nahe bei dem Marquis und den beiden Banditen hören.

Die Thür der Einhegung drehte sich in ihren Angeln, Schatten durchschritten die Finsterniß, dann schloß die Thür sich wieder, gedämpfte Schritte wurden durch das Schweigen der Nacht hindurch auf dem hartgefrornen Boden hörbar.

René's Herz schlug mit unerhörter Heftigkeit. Seine

Blicke mühten sich, obschon vergebens, das Dunkel zu durchdringen.

Plötzlich und während des zwanzigsten Theiles einer Secunde glitt eine durchsichtigere Wolkenschichte an dem Mond vorüber, und ließ seine nicht ganz volle Scheibe halb hervortreten.

Ein fahler Schein fiel auf die Einhegung und gestattete Herrn von Rieux die schwarzen Schattenrisse mehrerer Männer zu sehen, welche sofort unter den Cypressen verschwanden.

René wendete sich zu Dagobert.

»Wo gehen diese Leute hin?« fragte er ihn.

»Nach der Cisterne,« antwortete der Zwerg, »und von da werden sie in die unterirdischen Räume hinabsteigen.«

»Glaubt Ihr, daß sie zu dem Baron von Kerjean gehören?«

»Darauf wollte ich die Hand in's Feuer legen.«

»Aber warum gehen sie dann nicht durch das Innere des Hotels?«

Dagobert zuckte die Achseln.

»Diese Frage müssen Sie an den Besitzer richten,« sagte er hierauf, »aber nicht an mich.«

»Ruhe!« murmelte Goldknopf, welcher in seiner Eigenschaft als alter Jäger einen sehr entwickelten Gehörsinn besaß.

»Man geht auf der Straße — man kommt näher, man bleibt stehen.«

Der Riese irrte sich nicht. Die kleine Thür öffnete sich

zum zweiten Mal und ein zahlreicherer Trupp als der erste lenkte seine Schritte durch die Einhegung hindurch nach der Cisterne.

Als das dumpfe Geräusch der Tritte dieses Trupps aufgehört hatte, sich hörbar zu machen, sagte René zu Dagobert und Goldknopf:

»Leihet mir beide eure Aufmerksamkeit, denn ich will von, für Euch sehr wichtigen Dingen mit Euch sprechen.«

»Herr Marquis,« murmelte der Zwerg, »wir sind ganz Ohr.«

René hob wieder an:

»Ihr habt mir den größten Dienst geleistet, den die Menschen einem ihrer Mitmenschen leisten können, denn Ihr habt mir das Leben gerettet und ich halte mich meiner Schuld gegen Euch noch nicht für entledigt, obschon Ihr vorhin erklärtet, daß wir quitt wären.«

»Das fängt gut an,« dachte der Riese, dessen Hab=gier eine neue Beute witterte.

»Es wäre mir sehr unlieb, wenn ich Euch durch be=leidigende Voraussetzungen verletzen sollte,« fuhr René fort. »Ich weiß nicht, wie Ihr lebt, aber dennoch muß ich gestehen, daß ich an der vollständigen Moralität eurer Existenzmittel zweifle. Ich fürchte, eure Grundsätze in Be=zug auf das Eigenthum anderer Leute sind nicht die strengsten.«

»Nun, Herr Marquis,« unterbrach Dagobert, »Sie brauchen sich nicht zu geniren. Nennen Sie nur die Dinge bei ihrem Namen. Wir sind Spitzbuben, nichts mehr und nichts weniger. Man verletzt uns nicht, wenn man es sagt.

Wir leben von Plünderung und leben nicht ganz schlecht davon.«

»Aber wohin wird diese Existenz Euch zuletzt führen?«

»An den Galgen, Herr Marquis, das ist eine ausgemachte Sache — wir haben auch unsern Entschluß schon gefaßt. Ohne Philosophie kommt man einmal in dieser Welt nicht durch.«

»Es ist mir aber schmerzlich zu bedenken, daß meine Retter mit Vorsatz und Bewußtsein einem so beklagenswerthen Ziele entgegengehen «

»Haben Sie uns denn etwas Anderes vorzuschlagen?«

»Vielleicht.«

»Nun dann sprechen Sie, Herr Marquis. Wir sind nicht unbedingt auf den Galgen erpicht, das schwöre ich Ihnen, sondern werden für unsere alten Tage recht gern auch eine weniger hohe Stellung annehmen.«

»Es hängt von Euch ab, ob ich Euch die Mittel liefern soll, ehrliche Leute zu werden. Was würdet Ihr zu einem für euren Lebensunterhalt genügenden Einkommen und einem hübschen Landhäuschen sagen?«

Dagobert schüttelte den Kopf.

»Ich würde sagen, daß es für uns zu spät ist, uns noch zu bekehren, Herr Marquis,« antwortete er, »und daß man nicht daran denken darf.«

»Zu spät!« wiederholte René, »warum denn?«

»Weil die Vergangenheit, die wir hinter uns herschleppen, für die Zukunft, welche Sie uns vorschlagen, ein unübersteigliches Hinderniß ist. Wir könnten wohl vergessen, daß wir Banditen gewesen sind, aber die Gerichtsbehörde würde es nicht vergessen. In dem Augenblick, wo

wir versuchen würden, ruhig am hellen Tage zu leben, wür=
den die Schergen des Polizeilieutenants ihre Krallen nach
uns ausstrecken und die ehrlichen Leute von heute müßten
für die Schurken von gestern bezahlen. Wir stehen außer
dem Gesetz, Herr Marquis. Bleiben wir dabei und bewah=
ren wir uns wenigstens das Recht und die Macht, uns zu
verbergen und uns zu vertheidigen.«

»Wohlan, was würdet Ihr sagen,« hob Herr von
Rieux wieder an, »wenn ich mich anheischig machte, Euch
vor den Verfolgungen des Polizeilieutenants sicherzu=
stellen, und wenn ich Euch die Versicherung brächte, daß
man über die Vergangenheit mit dem Schwamm hinweg=
fährt?«

»O, dann freilich würde möglich werden, was jetzt
unmöglich ist. Wahrscheinlich aber würden Sie nicht ohne
Bedingung sich erbieten, auf diese Weise unser Interesse
zu wahren.«

»Ihr rathet ganz recht.«

»Und diese Bedingungen?«

»Sind folgende: Ihr müßt vom heutigen Tage und
von dieser Stunde an jedem Raub, jedem Diebstahle ent=
sagen Ihr müßt Euch begnügen, von den dreihundert Li=
vres zu leben, die ich Euch jeden Monat zustellen werde. Ihr
müßt endlich ein geschicktes und sicheres Mittel ausfindig
machen, um Euch wie früher in die unterirdischen Räume
des Teufelshotels einzuschleichen und mich von dem, was
darin vorgeht, zu unterrichten. — Ihr sehet, daß das,
was ich von Euch verlange, sehr wenig, und das, was ich
dagegen verspreche, viel ist. Nehmt Ihr an?«

»Ohne zu zaudern. Wir werden künftighin förmliche kleine Heilige sein — wir werden die Spionage bloß als Dilettanten, für Ihre Rechnung betreiben und ich stehe Ihnen dafür, daß Sie eine Polizei haben werden, die ein wenig besser ist als die des Herrn von Sartine, so viel Redens man auch von dieser macht.«

»In diesem Falle sind hier die dreihundert Livres für den ersten Monat.«

»Unterthänigsten Dank, gnädiger Herr. Wir gehören Ihnen mit Leib und Seele. Verfügen Sie über uns, wie Sie wollen. — Apropos, wie haben wir es anzufangen, um die unumgänglich nöthigen Mittheilungen mit Ihnen in's Werk zu setzen?«

»Könnt Ihr schreiben?« fragte René.

»Die Erziehung meines Freundes Goldknopf ist in dieser Hinsicht allerdings ein wenig vernachlässigt worden; ich dagegen nehme es mit einem Magister auf.«

»Nun gut, wenn Ihr mir etwas mitzutheilen habt, so schreibt mir und schickt mir euren Brief durch einen Commissionär, der Euch meine Antwort an einen verabredeten Ort bringen und sich da nöthig wieder dort einfinden wird, sobald Ihr es verlangt. Hier ist meine Adresse.«

»Schön, Herr Marquis; ohne Zweifel werden Sie schon morgen von uns hören.«

Diese Worte beendeten die Unterredung.

René verließ die Einhegung der Rue Tombe-Issoire, stieg wieder in seinen Wagen und ließ sich, physisch und moralisch vollständig erschöpft, wieder nach dem Pavillon zurückfahren, der fortan seine Wohnung sein sollte.

Dagobert und Goldknopf, welche fest entschlossen waren, das Geld des Marquis redlich zu verdienen und sich für die Zukunft seinen allmächtigen Schutz zu sichern, lenkten, ohne eine Minute Zeit zu verlieren, ihre Schritte nach der Cisterne, welche in die unterirdischen Räume führte.

Fünfzig Schritte von der Mündung entfernt legten sie sich hinter der dichten Cypressengruppe in den Hinterhalt und warteten.

Zweites Capitel.

Der Einladungsbrief.

Ehe noch eine Woche vergangen war, erhielt René, der in seinem Pavillon vor Aller Blicken verborgen war, von Dagobert einen umständlichen Bericht, aus welchem hervorging, daß die unterirdischen Räume des Teufels=hotels durch den Baron von Kerjean in eine riesige Falsch=münzerwerkstatt verwandelt worden.

Die Art und Weise, auf welche es dem Zwerg und dem Riesen gelungen war, diese wichtige Entdeckung zu machen, war folgende:

Wir ließen sie hinter der Cypressengruppe, nicht weit von der Mündung der Cisterne, sich in den Hinterhalt legen. Beinahe nach mehr als einer Stunde gingen gegen dreißig Mann nach der Reihe an ihnen vorüber und verschwanden in den Eingeweiden der Erde.

Der Zufall erlaubte den beiden Versteckten, einen dieser Leute seinen Kameraden fragen zu hören:

»Weißt Du noch die Parole für diese Nacht?«

»Ja,« entgegnete der Andere; »man wird zu Dir sagen: Gold und Du wirst antworten: Eisen.«

»Ach ja, es ist wahr — ich hatte es vergessen. Dank! Dank!«

Die beiden Kameraden setzten ihren Weg weiter fort und verschwanden wie die, welche ihnen vorangegangen waren.

Dagobert und Goldknopf, welche von Natur großen Hang zu Abenteuern besaßen, wußten nun genug, um einen kühnen Schlag zu versuchen.

Sie waren übrigens gut bewaffnet und vollkommen entschlossen, sich, da nöthig, mit Nachdruck zu vertheidigen.

Sie schlichen sich daher ebenfalls in die Cisterne, dann in den geheimen Gang, den sie erleuchtet, aber leer fanden, und den sie seiner ganzen Länge nach durchschritten.

Am äußersten Ende derselben aber rannten sie beinahe an eine Art Schildwache an, die mit dem Degen an der Seite und mit dem Pistol in der Faust ihnen den Weg vertrat und blos ein kurzes Wort murmelte.

»Gold!« sagte sie.

»Eisen, lieber Kamerad,« antwortete Dagobert, ohne zu zögern.

Die Schildwache trat sofort auf die Seite und die beiden Banditen drangen ohne Hinderniß in die unter= irdischen Räume, welche sie stets so öde und unheimlich ge=

sehen und die jetzt von Bewegung, Geräusch und Licht erfüllt waren.

In der That wetteiferten die Feuer der Schmelzöfen mit dem Schein der Lampen und fünfzig bis sechzig Arbeiter entwickelten eine fieberhafte Thätigkeit und einen unermüdlichen Eifer.

Dagobert und Goldknopf bedurften nur eines Augenblicks, um zu begreifen, von welcher Art diese Arbeit war.

„Das ist eine gute Nachricht für den Marquis,“ murmelte der Zwerg. „Falschmünzerei ist ein Capitalverbrechen. Der Kopf des Barons von Kerjean wird auf dem Schaffot fallen, so bald es Herrn von Rieux beliebt. Was meinst Du dazu, Gevatter?“

„Ich meine, die Nachricht ist wirklich gut,“ entgegnete Goldknopf, „und ich füge hinzu, daß sie Geld eintragen wird. Ich glaube, der Marquis wird es sich zur Pflicht machen, uns handgreifliche Beweise von seiner Dankbarkeit zu geben.“

„Sei unbesorgt, Gevatter, der Marquis ist nobel und freigebig — das weißt Du ebenso gut als ich.“

Einige Minuten lang mischten die beiden Spione sich unter die Falschmünzer und näherten sich den Maschinen, um sie mit neugierigen Blicken zu untersuchen. Indessen bemerkten sie sehr bald, daß ihre Anwesenheit eine weit lebhaftere Sensation hervorrief, als sie Grund hatten zu wünschen.

Da Niemand sie kannte, so fragten die Arbeiter einander, wer sie wären und keiner konnte antworten. Kurz, die

Physiognomien wurden unheimlich und die Blicke finster und drohend.

Der Zwerg und der Riese erkannten an diesen unwiderleglichen Symptomen, daß die Gefahr nahe war, und da es ihnen vollständig unmöglich gewesen wäre, ihre Gegenwart zu rechtfertigen, da es übrigens wahnsinnig von ihnen gewesen wäre, sich gegen sechzig entschlossene Männer zur Wehre setzen zu wollen, so hielten sie es für das Klügste, den Rückzug anzutreten und hatten auch das seltene Glück, sich unsichtbar zu machen, ehe der Sturm, dergegen sie im Anzuge war, förmlich zum Ausbruche kam.

Sie hatten die unterirdischen Räume von der Rue Tombe-Issoire aus betreten, verließen dieselben aber durch den Steinbruch in der Ebene von Montrouge und sahen sich dann im freien Felde nicht weit von ihrer neuen Wohnung.

Am nächstfolgenden Tage schrieb Dagobert den Bericht nieder, von welchem wir bereits gesprochen, und ließ ihn durch einen Eckensteher an Herrn von Rieux befördern.

Für diesen Bericht schickte René, hocherfreut über die große Neuigkeit, die ihm dadurch mitgetheilt ward, den beiden Kameraden fünfundzwanzig Louisd'or als außerordentliche Prämie.

Wir haben soeben gesagt, der Marquis sei hocherfreut gewesen. Dieses Wort drückt die Wahrheit jedoch nur zur Hälfte aus. Herr von Rieux empfand gleichzeitig ganz widersprechende Gefühle, das heißt, lebhafte Freude und tiefen Kummer.

Ohne Zweifel fühlte er sich glücklich, endlich einen

materiellen, unwiderleglichen Beweis von der Schändlichkeit und den Verbrechen Kerjean's zu besitzen, aber er gerieth auch in Verzweiflung darüber, daß Jane von Simeuse an einen Bösewicht gefesselt war, den die menschliche Gerechtigkeit früher oder später ereilen und dessen Haupt nothwendig unter dem Beile des Henkers fallen mußte.

Eine furchtbare Aufregung, eine fast unerträgliche Angst und Unruhe bemächtigte sich der Seele des jungen Marquis.

»Was soll ich thun?« fragte er sich, »welchen Entschluß soll ich fassen?«

Kerjean anzeigen, um Jane aus seinen Händen zu reißen — daran durfte er nicht denken. War sie nicht eines jener reinen, engelgleichen Wesen, die nicht im Stande sind, eine öffentliche Schmach zu überleben? Die Scham hätte sie sicherlich getödtet und René wäre, weit entfernt ihr Retter zu sein, ihr Mörder geworden.

Den Herzog und die Herzogin in Kenntniß zu setzen — daran dachte René allerdings, aber weiteres Nachdenken zeigte ihm sofort die Vergeblichkeit dieses Planes.

Was konnte es in der That nützen, die letzten Tage dieser beiden alten Leute zu vergiften, indem er vor ihren Augen den Abgrund enthüllte, in welchen sie blindlings ihre Tochter hinabgestürzt.

Ganz gewiß bebten auch sie mit Entsetzen vor dem scheußlicher Aufsehen zurück, von welchem eine Denunciation, ein Proceß, eine Hinrichtung begleitet gewesen wäre; und Kerjean, des Schweigens und der Straflosigkeit sicher, ließ seine Beute sicherlich nicht los.

Noch einmal, was sollte er thun?

René fühlte beinahe seinen Verstand wankend werden, indem er sich unablässig diese unlösbare Frage stellte.

Endlich nach drei Tagen einer Unruhe, welche von Stunde zu Stunde höher stieg, faßte er einen Entschluß, welcher, ohne Aufsehen zu erregen, ohne so zu sagen die Situation zu berühren, dennoch nach seiner Meinung die wachsende Gefahr minderte, welche er über Jane's Haupt schweben zu sehen glaubte.

Er beschloß nämlich, Jane selbst aufzusuchen, sie durch vollständige Enthüllungen zu unterrichten, ihr überzeugende Beweise zu geben, um dadurch ihren Unglauben zu besiegen und sie endlich vor einem Manne zu warnen, dessen unglaublicher Bestrickung sie gehorchte.

René überredete sich, daß Jane seinen Worten Glauben beimessen würde und daß, wenn sie den Rath und die letzten Bitten, die er in dem Briefe ausgesprochen, welchen er am Tage seines Duells an sie geschrieben, unbeachtet gelassen, der Grund sicherlich darin gelegen habe, daß der Baron von Kerjean, das Vorhandensein dieses Briefes vermuthend, vor keiner List und keiner Schändlichkeit zurückgetreten sei, um sich desselben zu bemächtigen und ihn zu vernichten.

Aber wie sollte er zu Jane gelangen? Wie sollte er mit ihr die vertrauliche Unterredung ohne Zeugen erlangen, deren er bedurfte, um ihr die Augen zu öffnen?

Sich in das Teufelshotel begeben und sich unter seinem wahren Namen anmelden lassen, war unmöglich. Ganz gewiß erlaubte der Baron von Kerjean ihm nicht, bis zu seiner Gattin zu gelangen und ganz gewiß erdolchte er ihn lieber mit eigener Hand, als daß er ein einziges Wort aus seinem Munde kommen ließ.

Sich an die Herzogin von Sinneuse zu wenden, um eine Unterredung mit Jane zu erlangen, schien dem Marquis ein ebenso unausführbares Mittel zu sein als das erste.

Wenn er nicht der Herzogin die ganze Wahrheit enthüllte — was er nicht thun wollte — so war es wenigstens wahrscheinlich, daß die edle Dame sich weigerte, eine Zusammenkunft zu begünstigen, deren Zweck und Nothwendigkeit sie nicht begriff.

Zum Glück besann sich René in dem Augenblicke, wo er sich schon der Verzweiflung hingeben wollte, jenes Festes, von welchem der Notar Bonnin ihm gesagt, und durch welches Luc de Kerjean sich vorgenommen, den Glanz seines neuen Wohnsitzes einzuweihen.

Da dieses Fest ein Costüm-und Maskenball sein sollte, so ward es René dadurch möglich gemacht, in das Hotel zu gelangen, ohne sein Gesicht zu zeigen und ohne sich folglich der Gefahr auszusetzen, gleich beim ersten Schritte erkannt und festgehalten zu werden.

Nur bedurfte er einer Einladung. Wie sollte er sich diese verschaffen?

Nachdem er lange nachgedacht, nachdem er sich durch einen neuen Besuch bei dem Notar Bonin genaue Kenntniß von dem für den Ball festgesetzten Tage verschafft, faßte er einen seltsamen Entschluß — einen Entschluß, der übrigens der einzige war, welcher einige Aussicht auf Erfolg darbot.

Seine nun vollständig wiedergewonnenen Kräfte erlaubten ihm, weite Wege zu Fuß und ohne Ermüdung zu machen. Eines Abends verließ er Paris, indem er zur Barrière d'Enfer hinausging, und lenkte, nachdem er sich so gut als möglich in der Ebene von Montrouge orientirt, seine Schritte nach der Hütte, wo Dagobert und Goldknopf ihren Wohnsitz aufgeschlagen und die er nach einigem Suchen ohne große Mühe wiederfand.

Ein schwaches Licht, welches durch die kleinen, grün= lichen, schmierigen Fensterscheiben des schmalen in der Wand angebrachten Fensters drang, verrieth, daß die Hütte bewohnt war.

René pochte leise an die Thür, erhielt aber keine so= fortige Antwort. Er pochte zum zweiten Male und ein we= nig stärker als das erste Mal.

Nun öffnete sich die Thür mit einem Male, und Da= gobert erschien auf der Schwelle mit einem Pistol in jeder Hand.

»Wer seid Ihr, und was wollt Ihr?« fragte der Zwerg mit seiner quäkenden Stimme, die er imposant zu machen bemüht war.

In demselben Augenblicke aber erkannte er den Be= sucher, und rief in freudigem Tone:

»Was, Herr Marquis, Sie sind es? Kaum kann ich meinen Augen trauen! Welche unverhoffte Ehre! Treten Sie ein, Herr Marquis, treten Sie ein!«

René war überrascht, die Veränderungen zu sehen, welche in dem Innern des kleinen Hauses und in Dago= bert's äußerer Erscheinung vorgegangen waren.

Zwei Bettstellen von Tannenholz mit weißen Tü=

chern und guten wollenen Decken versehen, nahmen jetzt die Stelle der früheren Strohlager ein. Ein kleiner Tisch und zwei Stühle machten eine Art Mobiliar aus, und auf dem Tische und unter den Strahlen der Lampe sah man ein großes Buch mit rothem Schnitte, welches von medicini= schen Wissenschaften handelte, zu denen sich der Zwerg, wie man weiß, von jeher ganz besonders hingezogen ge= fühlt hatte.

Auch sein Costüm hatte sich auf nicht weniger uner= wartete und zufriedenstellende Weise verändert. Vollkom= men saubere Kleider von dunkler Farbe waren an die Stelle der unbeschreiblichen Lumpen getreten, welche un= sere Leser kennen, und das eckige Gesicht des ehemaligen Banditen hatte keine Spur mehr von seinem früheren üp= pigen Bartwuchse.

Kurz, Dagobert hatte das sanfte, gemüthliche Anse= hen eines kleinen, untersetzten Spießbürgers und es kostete René von Rieux förmlich Mühe, ihn wieder zu erkennen.

Nachdem er dem Zwerge zu dieser physischen Um= wandlung, welche ihm das Anzeichen einer glücklichen mo= ralischen Aenderung zu sein schien, sein Compliment ge= macht, sagte René zu ihm:

»Ich komme, um einen Dienst von Euch zu ver= langen.«

»Sie wissen, Herr Marquis, daß wir, Goldknopf und ich, Ihnen mit Leib und Seele angehören!« rief Dagobert.

»Ihr werdet vielleicht überrascht sein zu hören,« fuhr der Marquis fort,» daß ich, nachdem ich Euch, so viel

in meinen Kräften stand, von der Bahn des Schlimmen
hinweggeleitet, Euch heute auffordere, auf eine Stunde zu
eurem alten Handwerke zurückzukehren.«

»Wirklich!« murmelte der Zwerg mit offenkundigem
Erstaunen.

»Beruhigt Euch übrigens,« fuhr der Marquis lä=
chelnd fort, »es handelt sich um das unschuldigste aller
Verbrechen, und der Diebstahl, den Ihr mir zu Gefallen
begehen sollt, wird weder euer Gewissen noch das mei=
nige verletzen.«

Dagobert richtete seine vor Neugier funkelnden Augen
auf den Marquis. René hob wieder an:

»In acht Tagen gibt der neue Besitzer des Teufels=
hotels, der Baron von Kerjean, ein Fest —«

»Ich habe davon sprechen hören,« sagte der Zwerg.

»Ohne Zweifel werden schon morgen seine Diener
sich als Träger unzähliger Einladungen durch ganz Paris
zerstreuen. Ich habe sehr wichtige Gründe, diesem Feste
ebenfalls beizuwohnen. Dazu aber bedarf ich einer Einla=
dung. Auf den Namen des Edelmannes, an welchen der
betreffende Brief gerichtet sein wird, kommt nichts an, und
ich rechne auf Euch, daß Ihr mir einen solchen Einladungs=
brief verschafft.«

»Nichts leichter als dies, Herr Marquis,« entgegnete
der Zwerg. »Wir brauchen ja zu diesem Zweck blos Be=
kanntschaft mit einem dieser Diener zu machen. Wir locken
ihn in's Wirthshaus, wir machen ihn betrunken, wir
stibitzen ihm einen Brief — alles das ist kinderleicht.«

»Dann glaubt Ihr also bestimmt, daß es Euch ge=
lingen werde?«

»Ich bitte, Herr Marquis, mich nicht durch einen
Zweifel in dieser Beziehung zu beleidigen.«

»Nun dann handelt so rasch als möglich. Bringt Ihr
mir den gewünschten Einladungsbrief, so bekommt Ihr
dafür zehn Louisd'or von mir.«

»Sie haben nicht nöthig, Herr Marquis, meinen
Eifer durch das Versprechen einer Belohnung anzuspornen.
— Goldknopf und ich, wir gehören ganz Ihnen. Sie über=
häufen uns mit Güte, Herr Marquis. Wie soll ich Ihnen
den fraglichen Brief zugehen lassen?«

»Ihr werdet mir ihn selbst bringen; ich werde Euch
dann anderweite Aufträge zu ertheilen haben.«

»Die Sache ist abgemacht, Herr Marquis.«

Am dritten Tage nach dieser Unterredung ward eine
von dem Baron und der Baronin von Kerjean an einen
gewissen Vicomte, dessen Namen und Existenz unsere Leser
weiter nicht kennen, gerichtete Einladung von Dagobert
dem Marquis eingehändigt.

Fortan konnte nichts mehr unsern Helden abhalten,
während des Einweihungsfestes in die Salons des Teufels=
hotels zu gelangen. Dann mußte es ihm auch möglich und
leicht werden, mit Jane von Simeuse zu sprechen.

Drittes Capitel.

Der schwarze Büßer.

Endlich war der Tag oder vielmehr der Abend des Festes da. Herr von Rieux hatte zwischen eilf Uhr und Mitternacht eine lange Unterredung mit Dagobert und Goldknopf, welchen er sehr bestimmte und ausführliche Befehle ertheilte.

Hierauf beschäftigte René sich mit seiner Toilette oder vielmehr mit seiner Verkleidung.

Er legte ein Costüm von schwarzem Sammet an, welches genau dem des Königs Carl des Ersten auf dem berühmten Gemälde von Van Dyck nachgeahmt war.

Ueber dieses Costüm warf er eine jener dunklen Mönchskutten, welche im Mittelalter jene seltsamen Fanatiker trugen, die man die schwarzen Büßer nannte.

Die Capuze dieser Kutte, welche über das Gesicht herabfiel und mit drei Löchern für die Augen und für den Mund versehen war, ersetzte auf vortheilhafte Weise die Gesichtsmaske.

So gekleidet und unter seiner Kutte mit Degen und Pistolen bewaffnet, denn unser Held wollte sich nicht wehrlos in die Gewalt seines heimtückischen Todfeindes begeben, stieg er um ein Uhr nach Mitternacht im Hofe des Teufelshotels aus dem Wagen und setzte den Fuß auf die erste Stufe des Perrons.

Mit festem Tritt durchschritt er die Doppelreihe der vergoldeten und verbrämten Lakaien, welche leise ihre Verwunderung über eine so unheimliche Verkleidung zu erkennen gaben.

Er ließ den Einladungsbrief, den er sich auf dem uns bekannten Wege verschafft, in Malo's Hände fallen und trat in jene funkelnden Salons, wo aller Luxus und alle Freuden von Paris sich ein Rendezvous zu geben schienen.

Einige Secunden lang war René buchstäblich geblendet.

Diese Kerzen, welche heller strahlten als die Sonne — diese Musik, deren wonnige Klänge die Luft erfüllten — diese von balsamischen Düften durchhauchte Atmosphäre — diese tausendfarbigen, vor seinen Augen sich hin- und herbewegenden Costüme — dieser wogende Tanz — dieses ganze zauberhafte Schauspiel nahm seine Sinne gefangen und versetzte ihn in einen Zustand, welcher dem eines Genesenden glich, der von einem zu Kopfe steigenden Wein eine allzustarke Dosis zu sich genommen hat.

Diese seltsame Empfindung war übrigens von kurzer Dauer und René mischte sich, des energischen Entschlusses eingedenk, der ihn auf diesen Ball geführt, in die buntscheckige Menge und begann die Königin des Festes, Jane von Simeuse, Baronin von Kerjean, zu suchen.

Fragen wollte er Niemanden und es war daher, wie

man leicht zugeben wird, keine Kleinigkeit, die Herrin des
Hauses unter den fünfhundert Frauen zu entdecken, welche
trunken von Harmonie und Vergnügen in den Salons des
Teufelshotels, die eben so umfangreich waren als die des
Louvre, durcheinanderkreisten.

Der Zufall schien anfangs alle Nachforschungen des
Marquis vereiteln zu wollen. Vergebens vervielfältigte
letzterer seine Schritte und befragte mit dem Blick alle
Gruppen. Die, deren Name von allen Lippen genannt
ward, schien für ihn unsichtbar zu sein.

Plötzlich, in dem Augenblicke, wo das Orchester das
Signal zu einer Menuett gab, zuckte René zusammen wie
ein Mensch, der unerwartet von einem elektrischen Schlage
getroffen wird.

Er ward leichenblaß unter seiner dunklen Capuze und
legte die Hand auf die Brust, welche das ungestüme
Pochen seines Herzens zu sprengen drohte.

Kaum zehn Schritte vor sich gewahrte er sie, auf welche
er so lange alle Freuden und alle Hoffnungen seines
Lebens gesetzt.

Jane von Simeuse oder vielmehr Carmen, deren
blendende Schönheit wir unter ihrem königlichen Costüm
bereits beschrieben, schickte sich an zu tanzen.

Sie hing sich lächelnd an den Arm eines Cavaliers,
den René nicht kannte und der ein Costüm von wunderba=
rem Reichthum und geschmackvoller Eleganz mit anmuthi=
ger Ungezwungenheit trug.

Die Baronin wechselte mit ihrem Cavalier Worte,
welche René nicht hören konnte. Sie lachte fast laut und

antwortete den Blicken einer kühnen Galanterie durch Augen, in welchen der Funke einer ermuthigenden Coketterie leuchtete.

René fühlte, wie sich ihm das Herz gewaltsam zusammenschnürte. Eine tiefe Eifersucht, eine dumpfe und concentrirte Wuth zerrissen gleichzeitig seine Seele.

Glühende Thränen entrannen seinen Augen. Wie gerne hätte er augenblicklich diesen Cavalier, welchem Jane mit diesem Lächeln, mit diesen Blicken zuhörte, herausgefordert und ohne Erbarmen niedergestochen.

Der Tanz begann und bereitete dem jungen Marquis neue Qualen.

Carmen, die spanische Gitana, Carmen, die Tänzerin, welche wir mit der baskischen Trommel in der Hand früher in dem Spielhause zu Havanna ihre Künste haben machen sehen, Carmen verwandelte, unbewußt von den Rückerinnerungen ihrer Kindheit und ihrer Jugend beherrscht, ohne es zu wollen, die so feierliche und gemessene französische Menuett in einen hinreißenden wollüstigen Tanz.

Ihr Erfolg war ein unermeßlicher — lauter Beifall erscholl in diesen patrizischen Salons, gerade als ob die Gitana auf den Bretern eines Theaters gestanden hätte.

Und die Königin der Nacht empfand, von Delirium und Schwindel ergriffen, jetzt dieselben gewaltigen Gemüthsbewegungen wie bei dem Triumphe, der ihr zwei Stunden früher bei der Huldigung ihres unterirdischen Königreichs dargebracht worden.

René wohnte diesem Schauspiele mit Bestürzung, mit Verzweiflung bei.

»Entweder träume ich, oder ich bin von Sinnen!« sagte er bei sich selbst, indem er sich krampfhaft die Brust zerkratzte. »Ist das, was hier vor meinen Augen vorgeht, wirklich möglich? — Jane, das keusche Kind, welches ich liebte, Jane, die Tochter des Hauses Simeuse, die von einer edlen, frommen Mutter in dem Cultus der züchtigen Tugenden des heimischen Herdes erzogen worden, kann sie wohl so schnell eine Syrene geworden sein, welche um jeden Preis gefallen will und die sich in verächtlichen Triumphen berauscht! — Ich sehe und dennoch zweifle ich — ich sehe und glaube doch nicht. Ist dieses Weib wirklich Jane von Simeuse? Bin ich blind, oder bin ich von Sinnen?«

Die Menuett erreichte ihr Ende.

Carmen, von einer Wolke von Cavalieren umringt, welche alle begierig waren, ihre Huldigungen darzubringen, verschwand mitten in jenem Gefolge von Schmeichlern und Höflingen, welches den Königinnen der Schönheit niemals fehlt, während René, der nun des Anblicks der Person, welche gleichzeitig sein Abgott und sein Henker war, beraubt, allmälig seine Kaltblütigkeit wieder erlangte, sich sehr bald überredete, daß er das Opfer einer seltsamen und schmerzlichen Sinnestäuschung gewesen.

»Die Eifersucht, welche mich verzehrt, hat meine Blicke und mein Urtheil getrübt,« murmelte er. »Ich habe die Unerfahrenheit eines Kindes, dessen Unschuld die Welt nicht kennt, und welches durch seine ersten Erfolge berauscht war, für verbrecherische Coketterie angesehen. — Jane, theure Jane, verzeihe mir einen Argwohn, der eine Beleidigung ist und den ich mir selbst nicht verzeihe.«

Halb in der Brüstung eines Fensters verborgen, wel=
ches durch eine herabfallende Draperie maskirt ward, ver=
senkte René sich in die Betrachtungen, von welchen wir
einige mitgetheilt haben. Er hörte weder das Geräusch, das
ihn umgab, noch die heiteren Klänge des Orchesters. Er
ließ das Fest an sich vorübergehen, ohne es zu sehen.

Nur sein Körper war gegenwärtig, seine Gedanken
weilten wo anders.

Mittlerweile verging die Zeit. René kam endlich
vollständig zu sich selbst und zum Bewußtsein der gegen=
wärtigen Stunde zurück.

»Ich will mit Jane sprechen,« sagte er bei sich. »Ich
will ihr bis zum Augenschein beweisen, daß, wenn sie auch
für mich verloren ist, ich wenigstens niemals aufgehört
habe, ihr ganz anzugehören. Sie wird mich hören, sie wird
mir antworten, und ich werde dann sehen, daß sie immer
noch die Jane ist, die sie früher war.«

Zum zweiten Male begann René die vermeinte Jane
aufzusuchen.

Diese Bemühung ward diesmal beinahe von soforti=
gem Erfolg gekrönt.

Am Eingange des zweiten Salons gewahrte er die
Baronin, welche leise einige Worte mit Morales wechselte.

Trotz des prachtvollen Costüms als spanischer Grand,
welches der ehemalige Gitano trug, konnte René von Rieux
doch nicht das Raubvogelgesicht verkennen, welches sich
in dem Augenblick über ihn geneigt, wo er in der Einhe=
gung der Rue Tombe-Issoire das Bewußtsein verloren,
und er schauderte unwillkürlich bei dem Gedanken, daß die=

fer Meuchler, diefer gedungene Mörder, in der Nähe von
Jane lebte und mit ihr auf vertrautem Fuße zu stehen
schien.

Morales entfernte sich und René ging, ehe noch der
Kreis der Höflinge Zeit hatte, sich wieder zu bilden, rasch
auf Carmen zu.

»Madame,« sagte er mit einer Gemüthsbewegung,
welche seine Worte fast undeutlich machte, »erzeigen Sie
mir die Ehre, meinen Arm anzunehmen, und erlauben Sie
mir, Sie um eine Unterredung von einigen Secunden zu
bitten.«

René erwartete, Jane zusammenzucken und unruhig
werden zu sehen, wenn sie seine Stimme hörte. Carmen
aber hatte diese kaum gehörte Stimme schon wieder ver=
gessen und die zitternden Worte, die an ihr Ohr schlugen,
erweckten in ihr keine Erinnerung.

»Herr Mönch,« antwortete sie lächelnd, »eine Königin
des christlichen Spaniens darf einem frommen Manne Ihres
Ordens gegenüber der Höflichkeit nicht ermangeln. — Hier
ist mein Arm — ich gewähre Ihnen eine Audienz,« setzte
die Gitana in spöttischem Tone hinzu, »obschon Sie für
ein so freudiges Fest eine sehr düstere Verkleidung gewählt
haben.«

René fühlte, wie alles Blut seines Körpers nach dem
Herzen zurückströmte, als Carmens Arm, sich auf den seinen
stützend, ihn berührte.

Er stammelte:

»Meine Verkleidung ist eine düstere, dies gebe ich zu,

Madame, aber dennoch ist sie weniger düster als die Dinge, welche ich diese Nacht Jane von Simeuse offenbaren muß.«

Dieser unerwartet ausgesprochene Name, dieser Name ihres Schlachtopfers ließ einen Schauer der Unruhe durch die Adern der Gitana rieseln. Dennoch bewahrte sie ihre Fassung und fuhr fort zu lächeln.

»Sie haben, sagen Sie, mir düstere Offenbarungen zu machen,« entgegnete sie in heiterem Tone. »Ach, Herr Mönch, trotz aller Ehrerbietung, die ich Ihrem Gewand schuldig bin, erlauben Sie mir, nichts davon zu glauben. Mein Leben ist ein bezauberter Traum — kein Unglück kann mich an der Seite eines Gatten treffen, den ich liebe, und ich sehe an dem strahlenden Himmel meiner Zukunft keine Wolke.«

»Wie, Madame,« hob René wieder an, »lebt in Ihrem innersten Herzen keine Erinnerung, keine Reue?«

»Reue?« wiederholte Carmen, hinter deren anschei= nender Ruhe sich eine wachsende Furcht barg. »Vergessen Sie, mit wem Sie sprechen? Die Maske gestattet aller= dings gewisse Freiheiten, aber hüten Sie sich, all zu weit zu gehen.«

»Jane von Simeuse,« fuhr René von Rieux fort, »ist es nicht ein Fehler, die letzten Worte eines sterbenden Freundes zu verachten? — Ist es nicht ein Verbrechen, seinen letzten Willen zu verrathen und mit Füßen zu treten? Dieses Verbrechen haben Sie begangen — bereuen Sie es nicht?«

Carmen ward bleich und wankte.

»Ich weiß nicht, was Sie sagen wollen,« murmelte sie, »ich kann nicht begreifen.«

»Ihre Blässe und Ihre Unruhe beweisen mir im Gegentheil, daß Sie mich verstanden haben,« fuhr René mit Wärme fort. »Jane, Sie haben sich freiwillig ins Verderben gestürzt, indem Sie dem Baron von Kerjean den Brief überließen, welcher Sie retten sollte.«

»Wer ist dieser Mensch, der mit mir spricht?« fragte sich Carmen schaudernd. »Und wie kommt er in den Besitz eines solchen Geheimnisses?«

Die Bestürzung und Unruhe der Gitana erklären sich, wenn wir sagen, daß Luc von Kerjean, nachdem er René's Tod berichtet, es für räthlich gehalten hatte, die seltsame Episode von dem Verschwinden der Leiche seiner Mitschuldigen zu verschweigen, um sie nicht ohne Noth zu beunruhigen.

Carmen war daher überzeugt, daß Jane's Verlobter schon lange aus der Zahl der Lebenden gestrichen sei.

»Ja,« hob der Marquis, sich über den Grund der Unruhe seiner Begleiterin täuschend, wieder an, »ja, dieser Brief war die Rettung. Diese aus dem offenen Grabe zu Ihnen sprechende Stimme hätte Ihnen heilig sein sollen, aber Sie haben ihr kein Gehör geschenkt. — Doch wozu überflüssige Vorwürfe? Was einmal geschehen ist, läßt sich nicht wieder gut machen. Der Mann, der Sie so sehr geliebt, hat heute nur noch eine Hoffnung, eine beinahe unvermeidliche Gefahr von Ihnen zu entfernen und wenigstens Ihr Leben zu erhalten, da er nicht Ihr Glück zu retten vermocht hat.«

»Mein Leben!« stammelte Carmen bestürzt; »wer
bedroht es denn?«

»Der Mann, dessen Namen Sie tragen.«

Die Gitana richtete den Kopf empor und bemühte
sich, einen stolzen, verächtlichen Ton anzunehmen.

»Der Baron von Kerjean,« sagte sie, indem sie einen
drohenden Blick auf ihren Begleiter heftete, aber ohne
Miene zu machen, sich zu entfernen; »der Baron von Ker=
jean ist über dergleichen Angriffe erhaben und ich, Jane von
Simeuse, sein Weib, ich darf und will Sie nicht länger
anhören.«

»Aber dennoch werden Sie mich hören, Madame,«
fuhr René in gebieterischem Tone fort; »meine Worte ver=
letzen und reizen Sie, aber was kommt darauf an? Das
glühende Eisen, welches eine erbarmungslose Hand auf die
blutende Wunde hält, bereitet dieselbe Marter. Sie müssen
mich hören. Luc von Kerjean ist — und ich verspreche es
Ihnen zu beweisen — ein Fälscher, ein Räuber, ein Meu=
chelmörder. Luc von Kerjean bebt vor keinem Verbrechen
zurück — sein Kopf fällt noch ganz bestimmt von Henkers=
hand. In dem Augenblick, wo ich mit Ihnen spreche, Ma=
dame, mitten in diesen funkelnden Salons, kann die Po=
lizei im Namen der Gerechtigkeit eintreten und dem Manne,
welchen Sie vertheidigen, zurufen: »Folge mir, Du bist
mein!« In diesem Augenblick, ich schwöre es Ihnen, unter
diesem Fußboden, auf welchem so viele heitere Füße wan=
deln, macht eine Horde von im Solde des Barons von
Kerjean stehenden Banditen aus den unterirdischen Räumen
Ihres Hotels eine Falschmünzerhöhle!«

Während die hier mitgetheilten Redesätze verstohlen wie Degenstiche gewechselt wurden, hatte Carmen, deren nackter Arm sich immer noch auf den dunklen Aermel von René's Mönchskutte stützte, sich allmälig einem hohen und prachtvollen Kamin genähert, dessen weißer Marmor mit den vereinigten Wappenschildern der Kerjean und Simeuse gekrönt war.

Hier waren die beiden Sprechenden gewissermaßen isolirt von der Menge, welche, in einiger Entfernung zurückbleibend, auf diese Weise ihre ehrerbietige Rücksicht auf die augenscheinlich anderwärts beschäftigten Gedanken der Herrin des Hauses zu erkennen gab.

Als Carmen die letzte und furchtbare Anklage hörte, welche René aussprach, als sie so unerwarteterweise das Geheimniß der unterirdischen Räume in der Gewalt des geheimnißvollen schwarzen Büßers sah, taumelte sie, als ob sie unwohl würde.

Der Marquis, welcher die Symptome dieser drohenden Ohnmacht gewahrte, streckte den Arm aus, um seine Begleiterin vor dem Umsinken zu bewahren.

Schon aber hatte diese die Herrschaft über sich selbst wieder gewonnen und jene Kaltblütigkeit, in welcher ihre Macht beruhte, wieder erlangt.

»Mein Herr,« sagte sie mit einer gebrochenen Stimme, welche sie festzumachen bemüht war, »die Treue und Hingebung geht mit offener Stirn, die Verleumdung dagegen birgt sich unter einer Larve. Entweder sind Sie ein aufrichtiger Freund oder ein Nichtswürdiger. Wenn ich Ihr Gesicht gesehen haben werde, so werde ich wissen, ob ich

Sie gehen heißen oder Ihnen glauben — ob ich Sie zermalmen oder segnen soll.«

Ein plötzliches Zittern, gleich dem der Fieberkranken in der Campagna von Rom, schüttelte René's Glieder.

»Jane,« stammelte er, bittend die Hände faltend, »Jane, ist es wahr, ist es möglich, bin ich wirklich ein Unbekannter für Sie?«

»Ja, ein Unbekannter, das schwöre ich, ein Feind, das glaube ich.«

»Ha,« rief der junge Mann in verzweifeltem Tone, »ich wußte es, ich fühlte es! Sie haben mich nicht errathen! Sie haben mich nicht erkannt — Sie sind nicht Jane von Simeuse.«

Gleichzeitig hob oder riß er vielmehr mit heftiger Geberde die Capuze seiner Kutte herunter und entschleierte den Blicken der entsetzten Carmen sein bleiches Gesicht und seine funkelnden Augen.

Bei dem unerwarteten Anblick dieser Erscheinung, die für sie aus dem Grabe emporstieg, weil sie fest an den Tod des Marquis von Rieux geglaubt hatte, verlor die Gitana zum ersten Mal in ihrem Leben den Muth und die Geistesgegenwart. Sie stieß ein dumpfes Aechzen aus und sank rücklings und bewußtlos nieder.

Schon ol er hatte René von Rieux seine Capuze wieder über das Gesicht herabgezogen und verlor sich mitten unter der Me...ge.

Viertes Capitel.

Coquelicot.

Gerade in dem Augenblick, wo die eben von uns er=
zählten Thatsachen geschahen, stürzten mehrere Herren in
das Spielzimmer und meldeten Luc von Kerjean die Ohn=
macht seiner Gemalin.

»Entschuldigen Sie, Monseigneur,« sagte der Baron
zu Herrn von Sartine, indem er zugleich vom Stuhl auf=
sprang und in das Nebenzimmer eilte.

Die Menge wich bei seiner Annäherung überall zu=
rück und wenige Secunden genügten ihm, um in Carmens
Nähe zu gelangen, welche von zwei Damen gehalten ward
und deren Blässe mit der einer Todten zu vergleichen war.

»Luft, um's Himmels willen!« rief Luc. »Man öffne
ein Fenster.«

Dieser Bitte oder vielmehr diesem Befehle ward so=
fort gehorcht. Ganze Ströme kalter Luft drangen herein
und schlugen alle Damen in die Flucht, welche trotz ihrer
Neugier in den andern Salons Schutz vor der drohenden
Erkältung suchten.

Kerjean faßte Carmen in die Arme, trug sie an das
weitgeöffnete Fenster und tauchte sie, so zu sagen, in den
eisigen Strom, welcher von außen hereindrang.

Die Wirkung dieses energischen Mittels war eine un=
mittelbare. Die Gitana schauderte ʃam ganzen Körper —
sie schlug die Augen auf und ließ einen scheuen Blick um
sich schweifen.

Alles dies geschah in weit weniger Zeit, als wir ge=
braucht haben, um es niederzuschreiben.

Luc näherte seinen Mund dem Ohr seiner Gattin und
fragte sie leise:

»Was ist geschehen? — Was hast Du gesehen? —
Was hast Du gehört? — Sprich schnell.«

»Alles ist verloren,« stammelte die Gitana.

»Alles ist verloren? '— Warum? — Was gibt's?
Noch einmal — sprich!«

»Die Todten steigen aus ihrem Grabe und zeugen
gegen uns. René von Rieux ist mir erschienen.«

»René von Rieux!« wiederholte Kerjean, die Stirne
runzelnd; »unmöglich! Das ist ohne 'Zweifel eine Täu=
schung, eine Aehnlichkeit, ein Spiel des Zufalls!«

»Nein, es ist nichts von diesem Allen. Ich irre mich
nicht. Ehe Jane's Verlobter mir seine Züge enthüllte,
hatte er lange mit mir gesprochen.«

»Was sagte er Dir?«

»Er sagte, Du wärest ein Fälscher, ein Meuchelmörder
und Du hättest die unterirdischen Räume dieses Hotels zur
Falschmünzerhöhle gemacht. Endlich, da ich seine Stimme
nicht erkannte und ihn aufforderte, mich sein Gesicht sehen
zu lassen, rief er: Ich wußte es wohl, Sie sind
nicht Jane von Simeuse! Und dann hob er seine

Capuze und zeigte mir das entsetzliche Gesicht eines Ge=
spenstes. — Nun verlor ich die Besinnung.«

»Welches Costüm trug dieses vermeintliche Ge=
spenst?«

»Die Kutte eines schwarzen Büßers.«

»Du hattest Recht, Jane,« hob Kerjean wieder an.
»Allerdings ist noch nicht alles verloren, aber wenigstens ist
die Gefahr vorhanden und zwar um so drohender und um
so furchtbarer, als der, welchen Du todt glaubtest, noch
lebt. Beherrsche deine Gemüthsbewegung, Jane, gebiete
deinem Schrecken Schweigen. Sei stark, wie Du es stets
gewesen bist. Erkläre deine Ohnmacht durch ein plötzliches
Unwohlsein, welches schon wieder vorüber ist. Mit einem
Worte, laß die Heiterkeit des Festes durch nichts stören.
Binnen wenigen Augenblicken bin ich wieder bei Dir.«

Während Carmen, um sich den Wünschen ihres Ge=
mals zu fügen, ihre bleichen Lippen zum Lächeln zwang
und sich anschickte, das Zeichen zur Fortsetzung des unter=
brochenen Tanzes zu geben, lenkte Luc seine Schritte rasch
nach der Vorhalle und war so mit seinen Gedanken be=
schäftigt, daß er kaum auf die eifrigen Fragen antwortete,
die sich überall, wo er vorüberkam, kreuzten.

»Ich danke, meine Herren, ich danke,« murmelte er
mit offenkundiger Zerstreutheit. »Es ist vorbei — es ist
vorbei — die Baronin hat sich vollständig wieder erholt.«

Dies brachte übrigens die beste Wirkung hervor.

»In der That, der Baron von Kerjean betet seine
Gattin an!« sagten die Gäste zu einander. »Diese unbe=

deutende Ohnmacht hat ihn in solche Unruhe und Angst versetzt, als ob es sich um ernstes Unglück handelte.«

So urtheilt die Welt.

Luc erreichte die Vorhalle, wo Malo, stolz auf seine goldene Kette, mit der ganzen Gravität eines Mannes, der sich seiner Bedeutung bewußt ist, auf- und abmarschirte.

»Höre und antworte!« sagte der Baron, indem er ihn so weit hinwegführte, daß kein neugieriges Ohr ein einziges von den Worten hören konnte, welche gewechselt werden sollten; »hast Du eine als schwarzen Büßer gekleidete Maske gesehen?«

»Ja, Herr Baron.«

»Hatte er einen Einladungsbrief?«

»Ja, Herr Baron.«

»Wann kam er?«

»Vor ungefähr einer Stunde.« .

»Ist er noch in den Salons?«

»Nein, Herr Baron.«

»Wann ist er fort?«

»Vor kaum zwei Minuten ging er an mir vorüber.«

»Ließ er seinen Wagen und seine Leute rufen.«

»Nein, Herr Baron. Niemand erwartete ihn im Vorzimmer.«

»Wo ist Coquelicot?«

»Ihrem Befehle gemäß im Nebenzimmer, Herr Baron.«

Kerjean öffnete sofort eine Thür, welche in dem

Theile der Vorhalle angebracht war, der sich den Empfangs-
zimmern gegenüber befand.

Diese Thür war mit einer Tapete bekleidet

»Coquelicot!« murmelte er.

Der Bandit, welchen wir bereits kennen, erschien
sofort. Er trug eine Phantasielivrée, welche mit der Kerjean's keine Aehnlichkeit hatte. Er trug, wie alle Lakaien
aus guten Häusern, den Degen an der Seite.

»Hier!« sagte er; »ich erwarte Ordre.«

Luc flüsterte ihm leise und rasch etwas zu, was mit
den Worten endete:

»Hundert Louisd'or, wenn Du ihn ausfindig machst-
zweihundert, wenn Du ihn tödtest.«

»Es ist gut, Herr Baron,« entgegnete Coquelicot,
indem er aus der Vorhalle hinausstürzte; »man wird sein
Möglichstes thun.«

Im Hofe begegnete der Bandit mehreren Lakaien,
die er befragte. Sie erklärten, daß sie die Kutte des schwarzen Büßers soeben hätten vorbeihuschen sehen.

»Er schlug sich links,« setzte einer der Diener hinzu;
»er schien seinen Wagen zu suchen.«

Coquelicot sprang auf die Straße hinaus. Eine lange
und doppelte Reihe von Wagen nahm die beiden Seiten
dieser Straße ein.

Der Bandit richtete dieselbe Frage an einen Kutscher,
welcher wunderbarerweise auf seinem Bocke nicht schlief
und welcher antwortete:

»Der schwarze Büßer? — Der kann noch nicht weit

sein. Ich bat ihn so eben um seinen Segen. Er ging nach der Place Saint-Michel zu.«

Coquelicot rannte in derselben Richtung weiter. Kaum hatte er zwanzig Schritte gethan, so sah er einen Wagen sich in Bewegung setzen, die Reihe verlassen und umlenken.

Neben diesem Wagen standen zwei Männer — ein Riese und ein Zwerg. Sie trugen weite Mäntel und große Tressenhüte, welche sie tief in das Gesicht hereingezogen hatten.

Coquelicot hielt sie für Lakaien.

»Heda, Kameraden,« fragte er sie ganz außer Athem; »wißt Ihr, wer in diesen Wagen gestiegen ist?«

»Vielleicht,« antwortete der Riese in rauhem Tone.

»Ist es nicht ein Herr in schwarzer Büßertracht?«

»Das wäre wohl möglich!« rief die gellende Stimme des Zwerges.

»Donnerwetter und Teufel, Kameraden!« hob Coquelicot ungeduldig wieder an, »sagt ja oder nein. Es liegt mir viel daran, eine bestimmte und besonders sofortige Antwort zu haben.«

»Das ist ein origineller Kauz, das muß ich sagen!« entgegnete der Zwerg »Wir stehen nicht in eurem Lohne, mein Freund, daß wir Euch nach Commando antworten müßten, und an dem, woran Euch viel liegt, liegt uns sehr wenig.«

»Unverschämter!« rief Coquelicot, indem er die Hand an den Griff seines Degens legte.

Gleich darauf aber setzte er hinzu:

»Ich habe jetzt keine Zeit, einen Zwist anzufangen. Ich werde Euch aber schon wiederfinden.«

Und damit wollte er seinen Weg schnell weiter fortsetzen.

»Halt!« rief der Zwerg, indem er sich mit ritterlicher Geberde mitten in die Straße pflanzte.

»Hier passirt Niemand!« setzte der Riese hinzu, indem er neben seinem kleinen Kameraden Platz nahm.

Der Wagen entfernte sich rasch.

Coquelicot zog seinen Degen und machte eine wüthende Windmühle. Die Wuth erstickte ihn fast.

»Donner und Teufel!« stammelte er mit heiserer Stimme, »weicht auf die Seite, wenn Ihr nicht wollt, daß ich mir den Weg über eure Leichen bahne!«

Ein schallendes Gelächter erschütterte die massive Gestalt des Riesen.

»Ueber unsere Leichen!« wiederholte er. »Ha, ha, ha! So kommt doch. Es wäre mir interessant zu sehen, auf welche Weise Ihr dies anfinget.«

Und indem er sich seines Mantels entledigte, den er dem Zwerg über den Arm warf, zog er ein ungeheures Rapier, auf dessen Länge selbst Morales eifersüchtig gewesen wäre.

Der Wagen war soeben an der Ecke der Rue d'Enfer verschwunden und das Gerassel der Räder aus der Ferne nur noch hörbar wie ein undeutliches Murmeln.

»Ha! Du willst es!« dachte Coquelicot. »Wohlan, dein Wille geschehe! — Einfältiger Lümmel, Du sollst mir die zweihundert Louisd'or bezahlen, um welche Du mich jetzt gebracht hast.«

Und er warf sich mit hochgeschwungenem Degen auf Goldknopf, den unsere Leser schon erkannt haben.

Sämmtliche in der Nähe haltende, durch den Lärm aufgeweckte Kutscher waren, sehr erfreut über das unerwartete Schauspiel, welches der Zufall ihnen verschaffte, von ihren Sitzen herabgestiegen und bildeten einen Kreis um die Gegner.

Der Zweikampf begann im flackernden Scheine der die Mauern des Hotels krönenden Lämpchen.

Können wir aber wohl eine Rauferei zwischen zwei Banditen einen Zweikampf nennen — eine Rauferei, welche mit den Regeln der edlen Fechtkunst nichts zu schaffen hatte?

Welchen Namen man jedoch auch diesem Kampfe geben möge, so war er jedenfalls kurz und schrecklich.

Coquelicot griff, erbittert durch den Verlust einer Belohnung, die er schon als erworben betrachtete, und besonders durch eine Beleidigung, die ihm unerklärlich schien, Goldknopf wie ein Mensch an, dessen Degen nach Blut dürstet.

Der durch seinen hohen Wuchs und seine herkulische Kraft ganz besonders begünstigte Riese vertheidigte sich mit bemerkenswerther Leichtigkeit gegen die wüthenden Stöße Coquelicot's. Einige Secunden lang schien er auf der Defensive bleiben zu wollen, bald aber ward er wärmer und ergriff ebenfalls die Offensive.

Nun sah man ihn sich seines langen Degens bald wie einer Keule, bald wie einer Lanze bedienen. Die schwere

Waffe flog um Coquelicot's Kopf herum, ihre Spitze streifte seine Brust.

Der ehemalige Freund des Lieutenants Baudrille wich, obschon er ein weit besserer Fechter war als Gold= knopf, doch vergebens vor dieser flammenden Klinge zu= rück, die ihn überall zugleich bedrohte und ihm in ihren immer rascheren Evolutionen ein unheilvolles Geschick zu weißsagen schien.

Plötzlich stieß Goldknopf einen Ton aus, der dem des Holzhackers glich, wenn er seine Axt auf ein beson= ders großes Scheit fallen läßt. Seine Waffe begegnete der seines Gegners und zerschellte sie, als ob sie von Krystall gewesen wäre, dann beschrieb sie einen Halbkreis, fuhr gerade wie eine Büchsenkugel vorwärts und drang in die rechte Brust des Unglücklichen, so daß sie zur linken Schul= ter wieder herauskam.

Der Bandit stürzte rücklings nieder und ein Blut= strom drang ihm aus dem Munde. Dennoch hatte er, ehe er das Bewußtsein verlor, Zeit zu stammeln:

»Das — Teufels — hotel. Man schaffe mich nach — dem — Teufels — hotel.«

Dann schloß er die Augen und rührte sich nicht mehr.

Goldknopf wischte mittlerweile kaltblütig seinen Degen ab, und warf sich wieder den Mantel um die Schultern.

»Lieber Gevatter,« sagte er leise, sich zu dem Zwerge herabneigend, »ich glaube, nun haben wir hier nichts wei= ter zu schaffen und es hält uns nichts ab, nach Hause zu= rückzukehren. Was sagst Du dazu, Gevatter?«

»Ich bin ganz dieser Meinung,« entgegnete Dagobert;
»und ich erlaube mir noch zu bemerken, daß der Herr
Marquis von Rieux sehr difficil sein müßte, wenn er mit
der Art und Weise, auf welche wir diese Nacht für ihn
gearbeitet haben, nicht zufrieden wäre.«

Goldknopf's Lippen umspielte ein völlig gerechtfer-
tigtes, selbstzufriedenes Lächeln, dann durchschritten die
beiden ehrlichen Leute in spe die neugierige Menge, welche
ihnen ehrerbietig und furchtsam Platz machte, und entfernten sich, ohne daß es Jemanden eingefallen wäre, sie zu
verfolgen.

Fünftes Capitel.

Die drei Unbekannten.

Nach der kurzen Unterredung mit Coquelicot war Luc
in die Salons zurückgekehrt, und hatte das Fest wieder
eben so heiter und glänzend gefunden, wie vor der Ohnmacht der Baronin. Die Königin der Nacht hatte so eben
das Zeichen zur Fortsetzung des Tanzes gegeben, an welchem sie mit einer Heiterkeit theilnahm, die vollkommen
echt zu sein schien. — Jeder peinliche Eindruck war schnell
wieder verschwunden.

Der Herr des Hauses vermochte, wie groß auch die
Gewalt war, die er über sich selbst hatte, doch seine Gemüthsbewegung und Unruhe nicht so leicht zu beherrschen.

Der Grund davon lag darin, daß er weit besser als Car=
men die Größe der Gefahr begriff, welche ihm drohte.

René von Rieux, welcher noch lebte — René von
Rieux, der die furchtbaren Geheimnisse des Teufelshotels
kannte — René von Rieux, der überdies argwohnte, daß
die Baronin von Kerjean nicht die wirkliche Jane von Si=
meuse sei, brauchte fortan nur ein Wort zu sagen, um ihn
unrettbar ins Verderben zu stürzen, und dieses Wort konnte,
wie Luc fest überzeugt war, nichts auf der Welt ihn ver=
hindern auszusprechen.

René mußte deshalb sterben. Coquelicot durfte die
ihm bezeichnete Beute nicht entrinnen lassen. Der Degen
des Pariser Banditen konnte Kerjean auf immer von der
zermalmenden Drohung befreien, welche über seinem Haupte
schwebte!

Wenn dagegen Herr von Rieux nicht noch in dieser
Nacht tödtlich getroffen fiel, wie sollte Luc den nächstfol=
genden Tag zu ihm gelangen? — Wo sollte er ihn suchen?
— Wo sollte er ihn finden? Welche Hoffnung hatte er
endlich, die Folgen einer Denunciation zu vermeiden, die
ohne Zweifel sofort bewirkt ward?

Alles dies sagte sich Luc und er litt unerträgliche
Angst. Er hätte, ohne zu zögern, hunderttausend Livres für
eine Stunde Einsamkeit gegeben.

Um sich so viel als möglich von der lärmenden, heite=
ren Menge abzusondern, deren Berührung ihm in diesem
Augenblicke widerwärtig erschien, hatte er sich in die tiefe
Brüstung eines Fensters geflüchtet.

Er ließ die wallende Draperie hinter sich herabfallen

und lehnte seine brennende Stirn gegen das eiskalte Glas, dessen Frische ihm ein wenig Linderung bereitete.

Plötzlich drang ein seltsames Getöse von draußen bis zu ihm.

Es fand unter dem Fenster eine tumultuarische Bewegung statt, eine Menge Livréediener und Leute aus dem Volk wälzte sich in den Ehrenhof hinein und escortirte eine Art Tragbahre, auf welcher ein blutiger Körper lag, dessen Costüm und Gesicht dem Baron unmöglich war zu unterscheiden.

Luc's Herz begann mit ungeheurer Gewalt zu schlagen.

»Wenn dieser Mensch René von Rieux ist,« sagte er bei sich selbst, »so bin ich gerettet und er muß es sein. Der von Coquelicot unversehens angegriffene Marquis wird gar nicht einmal Zeit gehabt haben, sich zu vertheidigen. Aber warum bringt man seine Leiche hierher?«

Der Baron verließ rasch die Brüstung, in deren Hintergrund er sich verborgen hielt, gewann die Vorhalle und gab Malo Befehl, schnell in den Hof hinunterzugehen, um Erkundigungen einzuziehen und ihm dann sofort Meldung zu machen.

Nach Verlauf von wenigen Secunden erschien der treue Diener wieder. Er schien in außerordentlicher Aufregung zu sein und sein Gesicht war ganz verstört.

»Nun,« fragte Luc mit brennender Neugier, »welche Nachricht bringst Du?«

»Eine schlimme Nachricht, Herr Baron,« antwortete Malo.

Der Baron glaubte den Boden unter seinen Füßen wanken zu fühlen.

»Also,« stammelte er, »dieser leblose Körper —«

»Ist der Coquelicot's, der von einem Degenstoß durch und durch gerannt worden.«

»Wer hat diesen Stoß geführt? — Ohne Zweifel der schwarze Büßer?«

»Nein, Herr Baron, es ist, wie man mir sagte, ein Unbekannter von riesigem Wuchse gewesen.«

»Ist Coquelicot todt?«

»Noch nicht ganz, Monseigneur, aber er wird es nicht lange mehr treiben.«

»Man pflege ihn, man rette ihn, wenn es möglich ist, oder man erhalte sein Leben wenigstens, bis er mit mir hat sprechen können. Hörst Du, Malo? — Ertheile die nöthigen Befehle.«

»Man wird sein Möglichstes thun, Herr Baron.«

Luc hatte die Hoffnung, René sofort den Garaus zu machen, aufgegeben, gleichzeitig aber war auch die Ungewißheit verschwunden, die ihn vorher gemartert. Er fühlte sich durch die Gewißheit und durch die drohende Nähe der Gefahr gewissermaßen beruhigt und neu belebt. Er sagte sich, daß es den nächstfolgenden Tag Zeit sei, Waffen zum Angriff oder zur Vertheidigung zu schmieden, und er beschloß heldenmüthig, aus seinen Gedanken während der noch übrigen Nacht alle Sorge, alle Unruhe zu verbannen.

Um sich die Verwirklichung dieses Entschlusses zu erleichtern, trat er in den Speisesaal und näherte sich einem

der mit warmen Getränken, frappirten Weinen und Erfri=
schungen aller Art bedeckten Buffets.

Die erste Person, die er neben diesem Buffet be=
merkte, war Morales, der vor einem kleinen Tische saß
und mit begeisterten Blicken ein halbes Dutzend Gläser
von verschiedenen Formen und Größen betrachtete, welche
in bester Ordnung so aufgestellt waren, daß er sie bequem
erreichen konnte.

Das gewöhnlich fahle Gesicht des ehemaligen Gitano
war purpurroth und seine krumme Nase, wir hätten bei=
nahe gesagt sein Geierschnabel. gewann allmälig die rei=
zende Färbung eines dunklen Violet.

»Lieber Baron,« sagte er in etwas heiserem Tone,
»wenn Sie mich suchen — hier bin ich. — Ich hatte
Ihnen versprochen, mich nicht von hier zu entfernen.
Caramba, ich habe mein Wort gehalten! Seit eilf Uhr
habe ich diesen Ehrenposten kaum auf fünf Minuten ver=
lassen. Brauchen Sie mich?«

Kerjean machte eine verneinende Geberde.

»Ich sehe schon, wie es steht,« hob Morales wieder
an. »Der Appetit führt Sie, und der Durst leitet Sie. An
diesem Buffet können Sie auf wahrhaft königliche Weise
den einen stillen und den andern löschen. Ha, Caramba!
das Haus ist gut. Alle Gäste singen Ihr Lob, was ge=
wiß etwas Seltenes ist. Ich empfehle Ihnen diese Leber=
pasteten, diese Rheinkrebse und diese Fasanengelée mit
Trüffeln. Was die Weine betrifft, so haben Sie blos die
Verlegenheit der Wahl. Es sind die besten Jahrgänge und
Sorten und gereichen Ihnen zur hohen Ehre. So wie Sie

mich hier sehen, habe ich sie alle gekostet. Auf Ihre Ge=
sundheit!«

Luc hörte, wie wir nicht erst zu sagen brauchen,
kaum auf das Geschwätz seines Schwagers, des apokry=
phen spanischen Granden.

Er ergriff einen tiefen Becher in Kelchform, welchen
er mit stark gewürztem spanischen Wein füllte und den er
zweimal hinter einander leerte.

Dieser Trunk mußte, wie er glaubte, hinreichen, um
ihm auf einige Stunden die erkünstelte Heiterkeit zu geben,
deren er bedurfte.

Er irrte sich nicht. Kaum hatte er getrunken, so be=
schleunigte eine Art Fieber, welches nicht das der entste=
henden Trunkenheit war und nichts Peinliches hatte, in
seinen Adern die Bewegungen seines Blutes und ersetzte
durch eine Ueberfülle von Energie die vorübergehende
Niedergeschlagenheit, die er sich vornahm zu bekämpfen.

Luc warf die Augen auf einen großen, ihm gegen=
über hängenden venetianischen Spiegel. Sein Gesicht bot
nicht bloß nicht mehr die mindeste Spur von Blässe, son=
dern seine Augen strahlten auch von einem außerordentli=
chen Glanze und seine Lippen schienen bereit zu lächeln.

»Wohlan,« dachte er, »Alles geht gut und Niemand
wird in dieser Nacht, wenn er mich ansieht, argwohnen
können, daß ein Geier an meinem Herzen frißt.«

In dem Augenblick, wo der Herr des Hauses zum
zweiten Male in die Salons zurückkehrte, herrschte in den=
selben eine außerordentliche Aufregung. Der Tanz war un=
terbrochen und die Gäste des Teufelshotels sprachen, in

mehr oder weniger dichten Gruppen beisammenstehend, mit einer Lebhaftigkeit, welche augenscheinlich bewies, daß der Gegenstand der Conversation ein sehr interessanter war.

Luc hatte kaum einige Schritte gethan, als ein ihm befreundeter Edelmann sich von einer der Gruppen losriß, auf ihn zukam, ihn beim Arme nahm und rief:

»Ach lieber Baren, Sie kommen mir ganz gelegen! Sie werden uns aus einer sehr großen Verlegenheit ziehen. Sie sollen uns einen dunklen Punkt aufklären, der uns über alle Maßen neugierig macht.«

»Um was handelt es sich?« fragte Herr von Kerjean, den jedes Dunkel beunruhigte. »Was wünschen Sie von mir?«

»Sagen Sie uns,« hob der Herr wieder an, »wer ist die Dame, die sich unter dem weiten roth und schwarzen Gewand einer Zauberin birgt und auf dem Kopfe eine große, mit cabbalistischen Zeichen von der barockſten Art geschmückte Magiermütze trägt?«

»Es wird mir sehr schwer werden, Sie zufriedenzuſtellen,« antwortete Luc. »Ich habe, wenn ich nicht irre, in dieser ganzen Nacht noch keine Magierin hier in dem Hotel gesehen. Zeigen Sie mir indeß diese Dame, vielleicht erkenne ich sie an irgend etwas.«

Der Herr drehte sich um und ließ seine Blicke rings= umherſchweifen.

»Ich sehe sie nicht mehr,« sagte er dann; »sie war aber so eben hier.«

»Nun, dann wollen wir sie suchen, wenn es Ihnen recht ist,« hob Kerjean wieder an. »Vor allen Dingen aber

sagen Sie mir, welches Interesse kann der Name, den Sie
zu erfahren wünschen, für Sie haben?«

»Ein sehr großes,« entgegnete der Cavalier. »Denken
Sie sich, daß diese Unbekannte wirklich mit magischer Kraft
begabt zu sein scheint. Sie kennt hier Alles — sie erräth
die Gesichter unter den Masken und sie hat mehrere unter
uns an verborgene Thatsachen und an Familiengeheimnisse
erinnert, welche, wie die betreffenden Personen seither ge=
glaubt, der ganzen Welt unbekannt gewesen sind. Er=
rathen Sie jetzt vielleicht, wer die fragliche Zauberin sein
kann?«

»Nein, eben so wenig als vorhin, aber ich sage noch=
mals, wir wollen sie mit einander aufsuchen.«

Luc und der Cavalier gingen mit einander in den
zweiten Salon.

Als sie die Schwelle desselben überschritten, kam ein
junger Herr ihnen entgegengeeilt und sagte lachend zu
Herrn von Kerjean:

»So wahr ich lebe, Baron, Sie laden seltsame Gäste
zu Ihrem Feste. — Meiner Treu, diesem Weibe ist die
Zunge gut gelöst. Wo zum Teufel haben Sie denn diese alte
Hexe mit den so gut gewetzten Nägeln und den so weißen
grimmigen Zähnen aufgetrieben? Sie beißt ganz imperti=
nent, sage ich Ihnen, aber ich für meine Person nehme es
durchaus nicht übel. Denken Sie sich, daß sie den genauen
Betrag meiner Schulden viel besser kennt als ich. Es ist
das ein ungeheures Wunder, aber was schadet es mir? —
Eine solche Enthüllung kann nur meinen Gläubigern ärger=
lich sein. Was die Marquise von Ailly und die Gräfin

von Boismorand betraf, so wurden sie beide ganz dunkel=
roth wie Tulpen, nachdem sie kaum zwei Minuten mit ihr
gesprochen. Diese Damen behaupten, sie seien vor Zorn so
roth geworden, aber ich glaube das nicht und habe guten
Grund es zu bezweifeln —"

Luc unterbrach den jungen Herrn.

"Aber, Vicomte," fragte er ihn, "von wem spre=
chen Sie? Sprechen Sie vielleicht von einer Frau im roth
und schwarzen Costüm, einer Zauberin mit einer hohen
Mütze?"

"Nein, durchaus nicht, lieber Baron. Ich spreche
von einer gelb und blau gekleideten Zigeunerin, deren
Kleid mit allen Arten Franſen, Schnüren und Goldtreſſen
beſetzt iſt."

"Wo iſt dieſe Zigeunerin?"

"Das weiß ich nicht, weit aber kann ſie nicht ſein.
Es ſind kaum fünf Minuten, ſo war ſie hier. Da ſehen Sie
nur die Marquiſe von Ailly. Dieſe liebenswürdige, ge=
wöhnlich ſo weiße Dame iſt noch ganz ſcharlachroth."

"Kommen Sie mit uns, Vicomte, wir wollen Sie
ſuchen," hob Kerjean wieder an, "und endlich werden wir
ſie doch entdecken."

Damit traten die drei Herren mit einander in den
Speiſeſaal. Herr von Sartine, der mit dem Rücken an den
Kamin angelehnt ſtand, empfing Luc mit den Worten:

"In der That, Herr Baron, ich bedaure, daß Sie
nicht einige Minuten früher zurückgekommen ſind. Sie
hätten dann ſehr merkwürdige Dinge gehört, über welche

Sie mich ganz erstaunt sehen, mich, der ich doch von Natur und aus Gewohnheit nicht so leicht in Erstaunen gerathe.«

»Darf ich Sie fragen was für Dinge dies sind, Monseigneur?«

»Die Worte einer Frau.«

Luc stutzte.

»Ja wohl, so ist es,« hob Herr von Sartine wieder an, »die Worte einer Frau, welche, soweit es möglich ist, ein Gesicht unter einer Maske zu errathen, jung und schön zu sein scheint. Diese Frau weiß über Alles, was in Paris vorgeht, ebensoviel als ich und hat mir auf die bündigste Weise dargethan, daß meine Polizei — die gleichwohl die erste Polizei der Welt ist — dennoch oft ziemlich schlecht bestellt sein kann.«

»Ha!« rief Kerjean, »das ist ein wenig zu keck!«

»Ereifern Sie sich nicht, Herr Baron, denn die Sache ist mir bloß pikant erschienen,« entgegnete der Polizeilieutenant. »Aber sagen Sie mir, wenn Sie können, wer ist dieses geistreiche, dieses wunderbare Wesen?«

»Ach, leider, Monseigneur, weiß ich es durchaus nicht. Die Person, von welcher Sie sprechen, Monseigneur, war als Zigeunerin oder Zauberin gekleidet, nicht wahr?«

»Durchaus nicht. Sie trug ein Odaliskencostüm von unvergleichlicher Pracht und Eleganz — ein Costüm, welches, um Alles mit einem Worte zu sagen, mir würdig erschien, mit dem der Frau Baronin von Kerjean zu wetteifern.«

„Und was ist aus dieser wunderbaren Odaliske nach ihrer Unterredung mit Ihnen geworden, Monseigneur?"

„Sie verschwand plötzlich wie auf einen Zauber= schlag."

„Wohlan," sagte Luc mit ein wenig gezwungenem Lächeln, „wir werden sie hoffentlich wiederfinden. Ich erwarte von Ihrer Courtoise, meine Herren, daß Sie mich bei meinen Nachforschungen unterstützen werden," setzte er zu den Herren hinzu, welche ihn umringten und sich ihm sofort zur Verfügung stellten.

Kerjean und diejenigen seiner Gäste, welche sich ihm angeschlossen, durchstreiften die Salons nach allen Rich= tungen. Die Zauberin, die Zigeunerin und die Odaliske blieben aber unsichtbar für sie.

An dem Erfolge verzweifelnd, befragte Luc seinen Diener Malo, der nur ein einziges Mal auf Befehl seines Herrn, und dann blos auf einige Minuten, in dem Augen= blicke, wo man den verwundeten und ohnmächtigen Coque= licot getragen brachte, die Vorhalle verlassen hatte.

Malo antwortete mit unerschütterlicher Sicherheit, daß keine, als Odaliske, als Zigeunerin oder Zauberin ge= kleidete Maske seit Beginn der Nacht in das Hotel her= eingekommen sei, oder dasselbe verlassen habe.

Es leuchtete dem Baron ein, daß der treue Die= ner die Wahrheit sprach. Er beharrte deshalb weiter nicht auf seiner Frage, sondern kehrte wieder zu Herrn von Sar= tine zurück.

„Nun?" fragte dieser letztere.

»Monseigneur, ich weiß nichts — geradezu nichts!« entgegnete der Baron.

Und er unterrichtete den Polizeilieutenant mit wenigen Worten von dem negativen Ergebniß der von ihm gethanen Schritte.

»Das grenzt ja aber an's Wunderbare!« rief Herr von Sartine lachend. »Man sieht wohl, Herr Baron, daß dieses Haus das Teufelshotel ist. Die dreifache weibliche Verkörperung, welche so spurlos verschwunden, ist ohne Zweifel eine Tochter des Satans, welche uns diese Nacht die Honneurs eines der Vasallen des Königreichs ihres Vaters gemacht hat. Was meinen Sie dazu, mein lieber Wirth?«

»Auf mein Edelmannswort, Monseigneur,« antwortete Luc in ernstem Tone, »ich bin beinahe Ihrer Meinung.«

Ein tiefes Schweigen folgte auf diese Worte und alle Zuhörer glaubten einen Hauch aus dem Jenseits durch ihr Haar streichen zu fühlen.

Gleichzeitig erinnerten sie sich des schwarzen Büßers, dessen Unterredung Frau von Kerjean nicht hatte ertragen können, ohne das Bewußtsein zu verlieren, und sie fragten sich, welche geheimnißvolle Beziehungen zwischen diesem Mönch mit der schwarzen Kutte und dieser Frau oder vielmehr dieser chamäleonartigen Erscheinung bestünden.

Ein einziges Wort hatte hingereicht, um mitten in diesem blendenden Feste wieder die Atmosphäre abergläubischer Furcht zu erzeugen, welche noch vor wenigen Wochen über dem veröderten und in Trümmer fallenden Teufelshotel schwebte.

Sechstes Capitel.

Die Sage.

Herr von Sartine bemerkte recht wohl den Eindruck, den seine Worte hervorgebracht. Da er aber als Freigeist diese Furcht keineswegs theilte, so wollte er sich das Vergnügen machen, sie noch höher zu steigern.

»Herr Baron,« sagte er, »Sie haben echten Muth bewiesen, indem Sie dieses Hotel kauften — trotz des Volksglaubens, welcher es als ein unheilvolles und verwünschtes Haus betrachtete. Ist Ihnen der Ursprung dieser abergläubischen Furcht bekannt? Wissen Sie, warum die Stimme des Volkes, welche nicht immer die Stimme Gottes ist, dem prachtvollen Palast, in welchem Sie uns heute empfangen, in frühern Zeiten den Namen des Teufelshotels gegeben hat?«

»Das ist eine ganze Geschichte, Monseigneur.«

»Sie kennen dieselbe?«

»Ja wohl, ganz genau.«

»Ist sie recht seltsam und schauerlich?«

»Ja, Monseigneur, sehr seltsam und schauerlich.«

»Hieße es Ihrer Güte zu viel zumuthen, Herr Baron, wenn ich Sie ersuchte, uns diese Sage zu erzählen?«

»Ich stehe zu Befehl, Monseigneur.«

»In diesem Falle sind wir bereit, Sie mit der gespanntesten Neugier anzuhören.«

»Ich beginne denn, und um die Geduld meiner Zuhörer nicht zu mißbrauchen, werde ich mich möglichst kurz zu fassen suchen.«

Der Polizeilieutenant setzte sich Kerjean gegenüber, um welchen herum sich sofort ein dichter Cirkel bildete.

Seitdem die Welt steht, haben die Menschen gerne Schauergeschichten gehört, selbst wenn diese Geschichten ihnen Furcht einjagen. Der Erfolg der Gespenstergeschichten hat niemals abgenommen, und wird niemals abnehmen. Unter gewissen Umständen, und wenn man die Gewißheit hat, daß keine Gefahr zu fürchten steht, ist die Furcht ein förmlicher Genuß.

»Es sind,« hob Kerjean an, »viele Jahre her, als das Hotel, wo die größten Namen Frankreichs mir heute Abend die Ehre erzeigen sich zu versammeln, dem Marquis von Gildas gehörte — dem letzten Vertreter einer jetzt erloschenen Familie, die sehr nahe mit dem berühmten Hause Rozeroy verwandt war, welches ebenfalls im Begriffe steht zu erlöschen.

»Der Marquis von Gildas war ein schon bejahrter Edelmann von rauhen Sitten und bizarrer Gemüthsart. Er lebte zurückgezogen von der Welt, war ein Feind der Ehe und verließ nur selten dieses Hotel, in welchem er Niemanden empfing und wo er seine Tage und Nächte dem hartnäckigen Studium der kabbalistischen Wissenschaften und der Alchymie widmete. Er suchte, sagte man, den

Stein der Weisen, und die große Kunst der Verwandlung der Metalle.

»In der That trachtete er nach nichts Geringerem, als das Geheimniß der Magier und die Worte wiederzufinden, durch welche jene Zauberer des Alterthums den Elementen befahlen, die höllischen Mächte citirten und zum Gehorsam nöthigten und durch furchtbare Beschwörungen träge, seelenlose Substanzen mit Leben begabten.

»Der Marquis von Gildas war außerdem damit beschäftigt, die seltsamste und seltenste Bibliothek zu sammeln, die man sich denken kann. In diese Bibliothek wurden nur Werke und Manuscripte aufgenommen, welche sich auf seine Lieblingsstudien — Astrologie, Alchymie und besonders Magie — bezogen. Seine Leidenschaft für dergleichen nach Schwefel riechende Scharteken war wohl bekannt. Jeden Tag brachte man irgend ein altes, nach der Behauptung dessen, der sich seiner entledigen wollte, unendlich seltenes und kostbares Buch in das Hotel. Der Marquis musterte es mit der größten Aufmerksamkeit und wies es entweder verächtlich zurück, oder wog es mit Gold auf.

»Eines Tages ertönte die Glocke des Gitterthors und der Schweizer öffnete dasselbe einem ganz runzeligen, tief gebückt gehenden Greise vom erbärmlichsten Aussehen. Der Schweizer hielt den alten Mann für einen Bettler und fragte ihn:

»Was wollt Ihr?«

»Ich bringe dem Marquis von Gildas ein Buch.«

»Laßt dieses Buch erst sehen.«

»Der alte Mann zog unter seinem Kittel einen dicken, in rothes Leder gebundenen Folioband hervor. Es war ein Manuscript auf Pergament in dem gemeinen Volke unbe= kannter Sprache geschrieben und mit allerhand seltsamen Figuren und unverständlichen Federzeichnnngen geschmückt.

»Wie viel verlangt Ihr dafür?« fragte der Schweizer.

»Zehntausend Livres.«

»Der Schweizer, welcher nicht recht gehört zu haben glaubte, ließ sich diese Antwort zweimal wiederholen und schlug, da der alte Mann auf seiner Forderung bestand, ein lautes Gelächter auf. Nichtsdestoweniger trug er das Manuscript zu seinem Herrn hinein, indem er mit spötti= scher Miene rief:

»Herr Marquis, der Eigenthümer verlangt zehntau= send Livres dafür.«

»Herr von Gildas legte, ohne die mindeste Bemer= kung zu machen, das rothe Buch auf den Tisch, vor wel= chem er saß, und schlug es auf.

»Kaum hatte er das erste Blatt umgewendet, kaum hatten seine Augen sich auf den mit arabischen Buchstaben geschriebenen Titel geheftet, so stieß er einen dumpfen Schrei aus, ward sehr bleich, dann sehr roth und seine Augen scho= ßen förmliche Blitze.

»Beinahe eine halbe Stunde blätterte er in dem dicken Manuscript nicht ohne augenscheinliche Ehrerbietung. Eine übermenschliche Freude strahlte auf seinem Gesicht.

»Als er bis zum letzten Blatte gelangt war, erhob er sich, öffnete eines der Schubfächer eines kolossalen

Schrankes von Ebenholz, warf einen Haufen Goldstücke in einen kleinen Lederbeutel, übergab diesen Beutel dem ganz verblüfften Schweizer und sagte zu ihm:

»Hier sind zehntausend Livres, richtig gezählt. Bringt dieses Geld dem Manne, der mir dieses Buch verkauft und laßt ihn eine Quittung unterschreiben.«

»Der Diener entfernte sich, mehr als jemals überzeugt, daß sein Herr vollständig übergeschnappt sei.

»Herr von Gildas verriegelte die Thür seines Zimmers, um sich vollständiger Einsamkeit zu versichern, und versenkte sich dann in die stumme, begeisterte Betrachtung eines Schatzes, welchen er um den Preis einer verhältnißmäßig enormen Summe erworben, die ihm aber der ungeheuren Wichtigkeit seiner Acquisition gegenüber als ganz unbedeutend erschien.

»Das Buch, welches er gekauft, war in der That ein Unicum oder einziges Exemplar, dessen Existenz ihm durch andere Bücher offenbart worden und welches er gerne mit seinem ganzen Vermögen bezahlt hätte. Dieses von dem gelehrtesten der Magier des vierzehnten Jahrhunderts verfaßte Manuscript enthielt die Gesammtheit der kabbalistischen Formeln. Diese Formeln besitzen, wenn man gleichzeitig die nothwendige Wissenschaft besaß, um davon Gebrauch zu machen, war gleichbedeutend mit grenzenlosem Reichthum und unbeschränkter Macht.

»Herr von Gildas überließ sich seiner Freude bis zum Abend so ausschließlich, daß er sich weigerte, seine Thür dem Kammerdiener zu öffnen, welcher ihm melden wollte, daß das Abendessen aufgetragen sei.

»Sofort nach Einbruch der Nacht schloß er sich in sein Laboratorium ein und begann Experimente nach den Formeln des Manuscripts. Diese Experimente gelangen nach Wunsch. Quecksilber und Blei verwandelten sich mit solcher Leichtigkeit und Unfehlbarkeit in Gold, daß der Marquis darüber in förmliche Bestürzung gerieth und vor Freude beinahe den Verstand verloren hätte.

»Erst nach Tagesanbruch entschloß er sich endlich, seine Oefen und Schmelztiegel zu verlassen und in seinem Bett eine Ruhe zu suchen, deren er nun unbedingt bedurfte.

»Am folgenden und dritten Tage setzte er die Reihe der Experimente und zwar stets mit gleichem, wunderbarem Gelingen fort. Nichts widerstand den in dem rothen Buche enthaltenen Zaubersprüchen.

»Herr von Gildas gestand sich selbst, daß er in der That der König der Welt sei, da er über eine Macht verfügte, welche weit größer war als die der größten Monarchen.

»Plötzlich, als er mit dem Manuscript zu ungefähr zwei Drittheilen durch war, empfand er lebhaftes Erstaunen. Er stieß nämlich auf die Formel einer chemischen Operation, die bei seiner ersten Durchsicht ihm völlig entgangen war. Nun aber war ihm der Zweck dieser Operation unverständlich. Die Mittel schienen ihm deutlich angegeben zu sein, das Resultat aber kannte er nicht und trotz aller Anstrengungen seines Scharfsinns gelang es ihm nicht, den unter den Dunkelheiten des Textes verborgenen Sinn zu errathen.

»Dennoch beschloß er, das Experiment zu beginnen. Er setzte auf den glühendsten seiner Oefen einen ungeheuren, mit den seltsamen Substanzen, welche das Manuscript vorschrieb, gefüllten Schmelztiegel, sprach die cabbalistischen Worte, fachte das Feuer mit Hilfe eines gewaltigen Blasbalgs an und wartete.

»Nach Verlauf von wenigen Augenblicken begann die Aufwallung. Eine Dampfsäule stieg aus dem Schmelztiegel empor, ohne jedoch erst eine deutliche Form anzunehmen. Allmälig ward dieser Dampf dichter und modellirte sich gewissermaßen wie der Thon unter dem Rundstahl des Bildhauers. Eine menschliche Gestalt kam in unbestimmten Umrissen zum Vorschein, dann wurden die Linien dieser Gestalt bestimmter, die Conturen scharf und endlich sah sich Herr von Gildas einer Frau oder vielmehr einer weiblichen Statue von der wunderbarsten Schönheit gegenüber.

»Alles war tadellos und unvergleichlich an dieser Statue, welche nicht aus Marmor, sondern aus Fleisch geformt zu sein schien. Die jugendliche Eva konnte in der Stunde ihres ersten Seufzers nicht schöner gewesen sein.

»Dieser magischen Gestalt fehlte nichts — nichts als das Leben. Das Blut, welches sanft eine Haut von blendender Weiße färbte, schien in den Adern geronnen zu sein — das Herz schlug nicht — die Augen, so blau wie der Azur des Himmels oder des Meeres, hatten keinen Blick.

»Herr von Gildas stand gleichzeitig bezaubert und erschrocken vor seinem Werk. Zum ersten Male hatte er die schaffende Macht Gottes sich angemaßt. Stolz und Schrecken theilten sich einen Augenblick lang in seine Seele, es dauerte aber nicht lange, so behielt der Stolz die Oberhand.

»Wenn das Leben diesen Körper beseelen wird,« sagte er bei sich selbst, »dann wird die Welt nichts Gleiches, nichts eben so Vollkommenes aufzuweisen haben.«

»Und der Marquis wartete abermals, aber vergebens. Das Leben kam nicht. Die cabbalistische Formel fügte weiter kein Wort hinzu. Die Fleischstatue schien bestimmt, ewig Statue zu bleiben und sich niemals in ein Weib zu verwandeln.

»Als Herr von Gildas diese Ueberzeugung gewann, empfand er anfangs heftigen Zorn, dann tiefe Verzweiflung.

»Das erste dieser Gefühle war sehr natürlich für einen Mann, der sich gezwungen sah, von dem Piedestal herabzusteigen, welches er sich selbst erbaut. Die Ursachen des zweiten will ich Ihnen erklären.

»Sie kennen alle die mythologischen Abenteuer von Pygmalion und Galatea. Sie wissen, wie der griechische Bildhauer sich bis zum Wahnsinn in die weiße Statue, die Tochter seines Meißels, verliebte. Die Tochter des Marquis von Gildas erfuhr das Schicksal Pygmalions. Dieser Mann, dieser Alchymist, für welchen die Frauen selbst zur Zeit seiner Jugend niemals existirt hatten und dessen Herz vollständig verknöchert war, faßte eine unerhörte, unsinnige Liebe, mit einem Wort, die Liebe eines Greises zu dem seelenlosen Wesen, welches durch ihn aus dem Nichts hervorgerufen worden, und seine Existenz theilte sich fortan zwischen Anwandlungen thörichter Anbetung und Anfälle ohnmächtiger Wuth.

»Mögen die Mächte der Hölle sich meiner erbarmen!«
rief er eines Tages während eines dieser Anfälle. »Ich
leide zu viel! — ich verliere den Verstand! —- Ich rufe
Dich, Satan; Satan, komm mir zu Hilfe! — Laß mich
mein Werk vollenden, gib mir den Feuerhauch, welcher
mein Götzenbild beseelen kann, und für einen einzigen Tag
des Glückes überlasse ich Dir mein Leben und meine
Seele.«

»Kaum hatte der Marquis diese Worte gesprochen,
als er einen Donnerschlag vernahm, obschon die Sonne hell
schien und keine Wolke am Himmel stand. Gleichzeitig erfüllte ein Schwefelgeruch das Zimmer; ein dichter Qualm
verdunkelte die Atmosphäre, dann verzog sich dieser Ge-
ruch, der Qualm lichtete sich und Herr von Gildas sah
einen ganz hübschen Teufel ihm gegenüber in einem großen
Lehnstuhl sitzen.

»Dieser Teufel hatte in seinem Aeußeren durchaus
nichts sehr Schreckenerregendes. Er schien jung und von
heiterem Temperamente. Sein Costüm war, wie die Sage
behauptet, so ziemlich dem gleich, welches ich in diesem
Augenblicke trage.

»Herr von Gildas hatte oft die Geister der Finsterniß angerufen und die Geister der Finsterniß hatten oft geantwortet, aber ohne sich ihm jemals zu zeigen. Er fühlte daher einen leichten Schauer seine Glieder
durchrieseln, aber er ließ sich von der Furcht, die er empfand, nichts merken, und hielt sich im Ganzen muthig und
tapfer, wie es einem Edelmanne geziemt.

»Mein lieber Marquis,« sagte der Teufel zu ihm,

ohne zu warten, bis er ihn fragte. »obschon Du mich nicht den Regeln gemäß citirt hast, so bin ich doch gekommen und vollkommen bereit, Dir dienstbar zu sein. — Laß hören — was wünschest Du von mir?«

»Wißt Ihr es denn nicht?« fragte der Marquis.

»O ja, ich weiß es recht gut, aber ich halte es für angemessen, mir deinen Wunsch auseinandersetzen zu lassen. Sprich daher und sprich ohne Furcht.«

»Ich will, daß meine Statue ein Weib werde — ich will von diesem Weibe geliebt sein.«

»Sehr schön. — Und wenn ich Dich erhöre, wie wirst Du mir dann diese Gefälligkeit bezahlen?«

»Du hast es schon gehört. Ich gebe Dir mein Leben und meine Seele. Laß mich heute glücklich sein und ich bin bereit, morgen zu sterben.«

»Du schlägst mir da einen sehr albernen Handel vor, mein lieber Marquis, da ja deine Seele, ob nun ein wenig früher oder ein wenig später, ohnehin mein ist. — Indessen ich bin ein guter Teufel, und gehe darauf ein. Ich thue noch mehr — ich will Dich dein Glück nicht bloß einen Tag, sondern ganze Jahre genießen lassen.«

»Herr von Gildas traute seinen Ohren nicht. Ein unaussprechlicher Taumel bemächtigte sich seiner.

»Der Teufel hob wieder an:

»Ich werde Dir die Macht geben, auf die Zauberstatue einen Theil deiner Seele, einen Theil deines Lebens zu übertragen. Sie wird lebendig werden, Du wirst geliebt werden. — So lange als dein Glück dauern wird, werde ich von meinen Rechten auf Dich keinen Gebrauch, machen. Du sollst mir blos von dem Tage angehören, wo Du nicht mehr glücklich sein und wo Du selbst deinen Abgott zerbrechen wirst. Folgendes sind die Worte, welche Du sprechen mußt, um dein Werk zu vollenden, und folgendes die, deren Du Dich bedienen mußt, wenn Du dieses Werk wieder in nichts zurückschleudern willst.«

»Und der Teufel theilte Herrn von Gildas zwei kurze, leicht zu merkende cabbalistische Formeln mit, welche der Greis sofort seinem Gedächtnisse einprägte.

»Ach, lieber Satan,« stammelte er sodann, »wie soll ich Dir würdig danken? Du machst mich zum glücklichsten aller Menschen. Ich bin bereit, den Pakt zu unterschreiben.«

»Der Teufel zuckte die Achseln.

»Unterschreiben?« wiederholte er; »wozu? Bei mir gilt das kürzeste mündliche Versprechen eben so viel als alle Unterschriften der Welt. Mir gegenüber muß man stets Wort halten. Damit überlasse ich Dich deiner Liebe und deinem Glücke. — Auf Wiedersehen, mein lieber Marquis!«

»Ein zweiter Donnerschlag ließ sich hören, auf welchen, wie auf den ersten, ein heftiger Schwefelgeruch folgte. Ein dichter Rauch erhob sich und erfüllte das Zimmer. Als dieser Rauch sich verzog, war der Teufel verschwunden.

»Habe ich geträumt?« fragte sich der Marquis, als er wieder allein war. »Doch nein — das, was ich so eben gehört und gesehen, war wirklich und wahr. Ich erinnere mich der mir von dem Satan vorgesprochenen Worte, welche für mich der Schlüssel des Himmels sein werden. O diese Worte, diese Worte — ich will sie augenblicklich sprechen.«

»Und der Greis eilte in das Laboratorium, wo die stumme, leblose, unbewegliche, aber von Schönheit und Jugend strahlende Bildsäule den Funken des Lebens zu erwarten schien.«

Kerjean machte eine kurze Pause, um den Eindruck zu beurtheilen, den seine Erzählung auf seine Zuhörer äußerte. Dieser Eindruck schien ihn zu befriedigen. Die Zahl der Neugierigen, welche sich in das Spielzimmer drängten, hatte sich verdoppelt. Alle hörten mit tiefer Aufmerksamkeit zu und selbst der Polizeilieutenant nahm ein offenkundiges Interesse an der seltsamen Geschichte, welche der Baron vortrug.

Letzterer fuhr fort:

»Herr von Gildas, dessen Delirium durch die Gegenwart seines Idols noch gesteigert ward, kniete vor dem Piedestal nieder, auf welchem die Statue stand, und murmelte die diabolische Formel.

»Das erwartete Wunder geschah sofort. Die Tochter der Hölle erbebte an ihrem ganzen Körper wie ein Weib, welches plötzlich aus dem Schlafe auffährt. Ihre Hände streckten sich aus, ihre Augen wendeten sich an den Marquis, den sie mit dem verschleierten Feuer ihrer blauen Sterne überschwemmten, und ohne zu zögern ließ sie sich in seine Arme sinken, indem sie stammelte: »Ich lebe — und Dir verdanke ich das Leben — ich liebe Dich!«

»Von dieser Stunde und dieser Minute an ward die

Existenz des Greises eine ganz andere. Er fühlte sich durch die Berührung mit dieser blühenden Jugend ebenfalls wieder jung werden und der strenge Gelehrte, welcher bis jetzt nur für die Wissenschaft und das Studium gelebt, lebte nun blos noch für die Liebe.

»Zuweilen, ja fast immer, sind die Töchter der Men= schen anmaßend, launenhaft und cokett. Man kann sich daher denken, daß die Tochter des Teufels ganz beson= ders reichlich mit diesen liebenswürdigen Mängeln ausge= stattet war, die man in den ersten Tagen eines Honig= monats als einen Reiz mehr betrachtet. Die Leidenschaft des Marquis für die lebende Statue, welcher er den süßen Namen Phöbe gegeben, stieg immer höher, anstatt zu er= löschen, und die junge Frau mißbrauchte sehr bald die tyran= nische Herrschaft, welche Herr von Gildas sie über ihn ge= winnen ließ.

»Einige Monate lang verstand sie sich jedoch dazu, in einem geheimnißvollen Asyl, aus welchem der Greis einen Tempel machte, den Blicken aller andern Menschen verborgen zu bleiben, eines schönen Morgens aber erklärte sie, daß diese Einsamkeit ihr lästig sei, daß sie vor Lang= weile fast stürbe, daß sie die Welt sehen wolle und daß es eben so wenig erlaubt sei die Schönheit einzuschließen, als die Sonne zu zwingen, nur für einen Einzigen zu glänzen.

»Natürlich gab der Marquis nach, da es aber sehr schwierig für ihn war, auf genügende und unmittelbare Weise die Gegenwart einer Frau zu erklären, deren wirk= lichen Ursprung er ohne Gefahr, lebendig auf dem Grève= platz verbrannt zu werden, nicht offenbaren konnte, so ent=

fernte er sich aus der großen Stadt und trat mit Phöbe eine weite Reise an.

»Nach Verlauf von zehn oder zwölf Monaten kam er nach Paris zurück und führte seine Genossin offen und mit großem Pomp heim. Er erklärte, er habe im Innern von Deutschland ein junges Mädchen von vornehmer Familie geheiratet und fügte hinzu, er habe sich vorgenommen, so= fort sein Hotel zu öffnen und eine Reihe von glänzenden Festen zu geben, bei welchen die Marquise von Gildas präsidiren würde.

»Der Marquis war reich, die Marquise war schön, Niemand verlangte einen Beweis für die Behauptungen des Marquis und ganz Paris drängte sich zu diesen Festen, deren Glanz unvergleichlich war.

»Das zu Ende gehende Jahr hatte Herrn von Gil= das nur die Freuden und den Rausch der Leidenschaft ken= nen gelernt. Das nächstfolgende Jahr sollte ihn den Kum= mer und die Qualen derselben kennen lehren.

»Ich mache die Sache kurz, meine Herren. Es wer= den, hoffe ich, wenige Worte genügen, um viel Dinge aus= zudrücken.

»Der Teufel hatte dem Marquis versprochen, daß die lebendige Statue Liebe für ihn empfinden würde, aber er hatte sich nicht dahin verbindlich gemacht, daß sie ihn immer, oder auch nur lange lieben würde. Herr von Gil= das brannte noch und mehr als je, während Phöbe sich schon in seiner Nähe ganz kalt fühlte. Schön und cokett. wollte sie gefallen — der alte Mann ward eifersüchtig.

»Nun aber kann die Eifersucht, wenn sie ernst und

tief ist, mit Recht für die ausgesuchteste aller Martern gelten. Der Marquis versuchte den Galans seine Thür zu verschließen, aber es war schon zu spät. Phöbe bewies ihm ganz klar, daß er sich lächerlich machte und daß er sich in seinem Alter nur allzuglücklich schätzen müßte, sie überhaupt zur Frau zu haben. Kurz, sie ließ in ihrer Handlungsweise durchaus keine Veränderung eintreten und vom Morgen bis zum Abend — ich sollte vielleicht sagen vom Abend bis zum Morgen — sah der alte Mann die Syrene von einem ganzen Schwarme jener unwiderstehlichen Schmetterlinge umflattert, welche bei den Frauen so beliebt und von den Ehemännern so gefürchtet sind.

„Diesem beklagenswerthen Zustand der Dinge gegenüber, den er nicht ändern konnte und nicht zu ändern wagte, verzehrte sich Herr von Gildas gleichsam an einem langsamen Feuer. Man sah ihn buchstäblich hinschwinden. Jeden Tag alterte er um ein Jahr. O, wie sehnte er sich nach der Zeit zurück, wo sein Herz nur für die dicken Bücher mit rothem Schnitt schlug — nach der Zeit, wo er keinen anderen Duft anbetete als die pestilenzialischen Ausströmungen der Destillirkolben und Schmelztiegel. Selbst die Zeit, jene qualvolle Zeit, wo die Statue noch kein Weib war und wo er seine Ohnmacht, sie mit Leben zu begaben, so beklagte, erschien ihm jetzt verhältnißmäßig glücklich und wünschenswerth.

„Der Marquis litt daher so viel, als es in dieser Welt möglich ist zu leiden, und dennoch zeigte sich Phöbe — es war dies ein beruhigendes Symptom — gegen alle ihre Anbeter gleich cokett und wohlwollend, ohne, wie es schien, irgend einen von ihnen auf Kosten des andern zu begünstigen.

»Man denke sich daher, was Herr von Gildas fühlen mußte, als ihm endlich klar ward, daß die Tochter des Teufels eine Wahl getroffen, und daß sie einem jungen schönen Cavalier das Herz geschenkt, welches er thörichterweise zu monopolisiren sich geschmeichelt.

»Eine solche Gewißheit steigerte die Verzweiflung des Greises bis zum Wahnsinn. Seine Schwäche für die Strafbare erschien ihm jetzt als die schimpflichste Feigheit, er berauschte sich in seinem Schmerz und in seinem Zorn.

»Er hatte mit Phöbe eine Erklärung, bei welcher alle so lange verhaltenen Stürme losbrachen, und endlich erklärte er, er werde seine junge Frau unverweilt in eine ferne Einöde schleppen, wo sie niemals ein anderes Gesicht sehen sollte als das seine.

»Phöbe antwortete ihm durch ein lautes Gelächter.

»Der erbitterte Marquis wollte Gewalt brauchen und Hand an sie legen. Die Tochter der Hölle zog einen Dolch aus dem Busen und erklärte noch lachend, aber vollkommen entschlossen, Herrn von Gildas gerade heraus, daß sie, ohne zu zögern, ihn niederstechen würde, wenn er ihr noch einen Schritt näher käme.

»Was geschah nun? — Sie errathen es, meine Herren. — Die Wuth stieg dem Marquis zu Kopfe und raubte ihm den Verstand.

»Höllisches, verfluchtes Wesen!« rief er. »Du trotzest mir vergebens. Ohne mich würdest Du nicht existiren und Du existirst nur zu meinem Unglück! — Das Maß ist voll

— ich bin es müde, um deinetwillen zu leiden. Kehre daher in das Nichts zurück, aus welchem Du niemals hättest hervorgehen sollen!«

»Als Phöbe diese Worte hörte, ward sie bleich wie eine Todte. Sie streckte dem Marquis bittend die Hände entgegen — sie wollte sprechen, aber Herr von Gildas ließ ihr nicht Zeit dazu, sondern sprach die magischen Sylben, welche sein Werk auf immer vernichten sollten.

»Kaum hatte er ausgesprochen, so stieß die Tochter der Hölle einen lauten Schrei aus. Sie kehrte ihren Dolch gegen sich selbst und stieß ihn sich in die Brust, in welcher er verschwand bis an den Griff. Dann sank sie ohne ein Wort, von Blut überströmt und todt, rücklings auf den Teppich nieder.

»Herr von Gildas fühlte, bestürzt und vernichtet im Angesicht dieser Leiche, seine Wuth schnell verrauchen und er begriff, daß er durch seinen eigenen Willen nicht blos das Wesen vernichtet, welches er trotz allem tausendmal mehr liebte als sein Leben, sondern daß er sich auch selbst zu Grunde gerichtet, weil er von nun an mit Leib und Seele dem Bösen gehörte.

»Ha,« sagte er bei sich selbst, »dann will ich der Sache wenigstens sofort ein Ende machen.«

»Und er neigte sich über Phöbe's Leiche, um den Dolch aus der Wunde zu reißen und ihn sich selbst in's Herz zu stoßen.

»Er hatte nicht Zeit, dieses verhängnißvolle Vorhaben auszuführen.

»Seine durch den furchtbaren Schrei der Tochter des

Teufels herbeigelockten Diener drangen in das Zimmer und bemächtigten sich des Marquis in dem Augenblick, wo er die blutige Waffe schwang.

»Zwei Stunden später hörte Herr von Gildas, als Mörder seines Weibes auf frischer That ergriffen, die festen Pforten eines Kerkers sich hinter ihm schließen.

»Der Proceß dauerte lange. Der Marquis läugnete trotz des Augenscheins das ihm zur Last gelegte Verbrechen hartnäckig und behauptete, die Marquise habe sich den Tod mit eigener Hand gegeben. Es mußte deshalb die Folter angewendet werden, um ihm das Geständniß eines Mordes auszupressen, den er in der That nicht begangen; sobald er aber auf diese Weise sich von den Händen der Henker losgemacht, welche ihm Glied für Glied zerbrachen, begann er eine Reihe vollständigerer und besonders aufrichtigerer Geständnisse.

»Er erzählte seinen entsetzten Richtern die Geschichte von der lebenden Statue und seinen Pakt mit dem Teufel, und in Folge dieser Offenherzigkeit ward er, anstatt einfach enthauptet zu werden, verurtheilt, wegen Zauberei und Gotteslästerung, nachdem er baarfuß und mit dem Strick um den Hals unter der Vorhalle von Notre-Dame Abbitte und Buße gethan, auf dem Grèveplatz lebendig verbrannt zu werden.

»Der Tag, wo das Urtheil vollstreckt werden sollte, brach an. Einige Minuten zuvor, ehe Herr von Gildas nach dem Richtplatz abgeholt werden sollte, war er allein in seinem Gefängniß und überließ sich Betrachtungen, deren Inhalt leicht zu errathen ist. Plötzlich und ohne daß die massive Thür sich in ihren Angeln gedreht hätte, fühlte er sich von einer leichten Hand an der Schulter berührt.

»Er drehte sich langsam um, wie ein Mensch, welcher fürchtet, was er zu sehen im Begriff steht, und erblickte neben sich denselben jungen, lächelnden, roth und schwarz gekleideten Dämon, der ihm früher in dem Augenblick erschienen war, wo er den Satan citirte, um einen unheilvollen Pakt mit ihm zu schließen.

»Mein lieber Marquis,« sagte der Dämon, »ich glaube, Du hast mich schon erwartet. — Die Stunde ist da, um unsere Rechnung auszugleichen. Denkst Du nicht eben so wie ich?«

* * *

So weit war Kerjean mit seiner Erzählung gekommen. Er hatte jetzt nur noch einige Worte hinzuzufügen, um die Entwickelung zu berichten und zu zeigen, wie der Teufel sich mitten in den Flammen des Scheiterhaufens der Seele des Greises bemächtigte. Plötzlich aber ward er durch eine zurückweichende Bewegung seiner Zuhörer und durch den Ausdruck der Ueberraschung und des Schreckens unterbrochen, der sich auf ihren Gesichtern malte

Gleichzeitig legte sich eine Hand auf seine Schulter, und ein kleiner Teufel, der eine Maske von rothem Sammet und ein schwarz und rothes Costüm trug, welches augenscheinlich weibliche Formen hervortreten ließ, wiederholte buchstäblich und laut genug, um von Allen verstanden zu werden, die Worte, welche Kerjean soeben selbst gesprochen:

»Mein lieber Baron, ich glaube, Du haft mich schon
erwartet. Die Stunde ist da, um unsere Rechnung auszugleichen — denkst Du nicht eben so wie ich?«

Luc's Gemüthsbewegung war eine gewaltige. Die
plötzliche Erscheinung dieser gleichsam gespenstischen Person,
welche sich durch die verschiedenen Gruppen hindurch un-
bemerkt bis zu ihm geschlichen — dieses Costüm, welches
dem von ihm soeben beschriebenen glich — dieses maskirte
Gesicht, welches die eigenen Worte der Sage ihm in's
Ohr murmelte — alles dies beunruhigte ihn im ersten
Augenblicke mehr, als er gestanden haben würde. Er faßte
sich jedoch beinahe sofort wieder, und indem er seine fieberhafte Aufregung unter dem Anscheine von Heiterkeit
und Galanterie verbarg, fragte er:

»Was willst Du von mir, liebenswürdiger Dämon?
— Willst Du mir einen Pakt vorschlagen? Begehrst Du
meine Seele, oder verlangst Du mein Herz?«

»Du bist der Wahrheit vielleicht näher, als Du
glaubst,« antwortete der Teufel mit lautem Gelächter;
»vielleicht haben wir wirklich einen Pakt zu schließen. Vielleicht sind meine Rechte auf dein Herz gegründet, und un-
verjährbar. Für den Augenblick aber verlange ich von
Dir weiter nichts, als eine kurze Unterredung.«

»Eine geheime Unterredung?« fragte der Baron
lächelnd.

»Die geheimste, die es auf der Welt geben kann,«
entgegnete die Maske; »streng unter vier Augen.«

»Aber das ist ja ein Glück für mich!« rief Luc in
demselben scherzenden Tone; »ich billige das Verlangen

mit dem größten Vergnügen. Meine Herren," setzte er zu
den Zuhörern dieser Scene gewendet hinzu, „sagen Sie,
wenn ich Sie bitten darf, ja der Baronin von Kerjean
nichts hiervon, denn sie würde mir niemals verzeihen.
Wohlan, liebenswürdiger Dämon, nimm meinen Arm.
In dem Boudoir können wir ganz mit Muße plaudern."

Der kleine Teufel ergriff lebhaft den Arm, welchen
Luc ihm bot, und Beide überschritten die Schwelle des
Boudoirs, welches unsere Leser schon kennen, und welches
nur durch zwei Spiegelwände von einem der Salons ge=
trennt ward.

Sobald als der Baron und seine seltsame Begleite=
rin das Spielzimmer verlassen hatten, erhob sich in die=
sem ein verworrenes Gemurmel.

„Sie ist es — ja, sie ist es wirklich!" sagten die
Gäste zu einander.

Und dann kreuzten sich folgende Bemerkungen: „Wir
erkannten sie an der Stimme."

„Es ist die Zauberin."

„Nein, es ist die Sultanin."

„Und ich dagegen, meine Herren, behaupte, daß es
die Zigeunerin ist."

„Ach, meine Herren, verständigen Sie sich doch,"
unterbrach der Polizeilieutenant; „sie ist alle drei in einer
Person."

Auch Kerjean hatte die Stimme der Maske erkannt,
und schaudernd sagte er bei sich selbst:

„Es ist die Goule!"

Siebentes Capitel.

Perinens Wille.

Das Boudoir war in dieser Nacht den Gästen des Teufelshotels nicht geöffnet, wie die anderen Empfangszimmer, sondern hatte eine besondere angenehme Bestimmung erhalten.

Mehrere mit Parfümerien und allen jenen kleinen coketten Geräthschaften, welche zur weiblichen Toilette gehören, beladene Ankleidetische verwandelten es in eine Art Heiligthum, in welches Carmen diejenigen ihrer schönen Besucherinnen führte, welche irgend eine leichte, in ihrem Kopfputze oder sonst in ihrem Anzuge entstandene Unordnung wieder zu beseitigen wünschten.

Luc und Perine waren jetzt allein darin.

Acht Candelaber mit zehn Armen erleuchteten taghell dieses Boudoir, welches übrigens noch mehr Licht durch die riesigen Spiegelscheiben erhielt, welche zwei der Wandgetäfel bildeten und einen Theil des anstoßenden Salons sehen ließen.

Das Orchester nahm in diesem Augenblick die Melodien der verlockendsten Tänze wieder auf und die gedämpften Accorde der herrlichen Musik drangen bis in das Boudoir.

Sobald als Kerjean die Thür hinter der Goule und sich verschlossen hatte, verschwand der lächelnde und heitere Ausdruck seines Gesichtes wie eine fallende Maske und zwischen seinen zusammengezogenen Augenbrauen zeigte sich eine tiefe Falte.

Die Goule kam ohne Weiteres zur Sache.

»Wenn ich mich nicht sehr irre, mein lieber Baron,« sagte sie, »so hast Du mich schon erkannt.«

»Ja, ich habe Dich wirklich erkannt,« entgegnete Luc; »Du bist Perine.«

Die Goule fuhr fort:

»Ich sagte soeben öffentlich und um den durch den Zufall herbeigeführten Theatercoup zu unterstützen, daß Du mich ohne Zweifel erwartetest. In der That aber glaube ich fest, daß Du sehr überrascht bist, mich heute Nacht bei Dir zu sehen.«

»Allerdings gestehe ich, daß deine Gegenwart mich überrascht!«

»Daß sie Dich überrascht und erfreut, nicht wahr?« fragte die Herrin des Rothen Hauses in spöttischem Tone.

Luc schüttelte den Kopf.

»Ich erwartete Dich nicht,« sagte er sodann; »ich gestehe auch, daß ich Dich nicht zu sehen wünschte, und ich begreife in der That nicht den Beweggrund deiner unerwarteten Nähe.«

»Lieber Baron,« hob Perine in immer spöttischerem Tone wieder an, »Du vergissest seit deiner Vermälung den Weg nach meiner Wohnung so vollständig, daß ich mich wohl entschließen muß, Dich aufzusuchen, weil mein

schwaches Herz deinen Anblick einmal nicht entbehren
kann.«

»Mein Haus wird Dir immer offen stehen,« mur=
melte Luc nicht ohne Verlegenheit; »aber warum hast Du
eine Festnacht gewählt, um hierherzukommen?«

»Ei,« rief Perine, »Du hast es eben gesagt! Eben
weil es eine Festnacht war. Was willst Du sagen? Es ist
eine Laune, eine Phantasie — ich bin nicht umsonst Weib.
Schon längst wünschte ich einmal diese vornehmen Herren
und Damen, welche ich mehr als einmal demüthig und
beinahe kriechend vor der alten häßlichen Wahrsagerin,
welcher sie Liebestränke, Gifte und Geheimnisse der Zu=
kunft abkauften, im Rothen Hause gesehen, auch einmal
in ihrem Glanze und bei ihren Vergnügungen zu schauen.
Es ist etwas Schönes, weißt Du, ein solches prächtiges
Fest wie das deine mit einem solchen Palast wie dieser
zum Rahmen. Auch bin ich ganz davon geblendet. Dennoch
scheint es mir, als wäre ich hier in meinem Elemente, in
meiner Sphäre, und ich glaube unter deinen Gästen heute
Abend einige Sensation gemacht zu haben. — Wirst Du
mir nicht dein Compliment über die Art und Weise ma=
chen, auf welche ich soeben in Folge von vier über ein=
ander hinweggezogenen Costümen, welche deine Diener
morgen beim Auskehren hinter den Fenstervorhängen fin=
den werden, meine vierfache Rolle gespielt habe? Man
schrie Wunder über Wunder, nicht wahr?«

»Noch größer als die Verwunderung aber war das
Aergerniß! — Wie konntest Du die unerhörte Dreistigkeit
besitzen, den Polizeilieutenant selbst anzugreifen?«

»O, Herr von Sartine nahm es gut auf. Uebrigens war ich maskirt, und die Maske einer Dame ist bei den civilisirten Völkern unverletzlich. Wir befinden uns ja mitten in Paris. Ueberdies hätte ich im Nothfalle zu deinem allmächtigen Schutze Zuflucht genommen, welcher mir gewiß nicht untreu geworden wäre. Dann weißt Du auch eben so gut als ich, daß der Erfolg Alles rechtfertigt. Ich habe reussirt — was brauche ich weiter?«

»Wer hat Dir denn einen Einladungsbrief verschafft?«

»Drei Louisd'or, die ich einem deiner Diener geschenkt. — O, suche nicht den Schuldigen zu ermitteln, denn alle, ohne Ausnahme, hätten sicherlich dasselbe gethan.«

»Gut, es sei,« sagte Kerjean, »aber was willst Du von mir?«

»Soll ich es Dir nochmals sagen? Ich will eine Unterredung mit Dir.«

»Was hast Du mir zu sagen?«

»Sehr Vieles, was Dir auch, wie ich Dir versichere, sehr interessant erscheinen wird.«

»Ich bin im Voraus davon überzeugt, und verspreche Dir meine ganze Aufmerksamkeit. Wir wollen einander morgen wieder treffen — ist Dir das recht?«

»Nein. — Es liegt mir viel daran, sofort dieses Beisammensein zu benutzen, welches Du mir hast gewähren müssen. Ich bin hier, ich bleibe hier und ich werde nicht auf morgen verschieben, was sofort geschehen kann.«

»Aber,« stammelte Kerjean, »die Stunde scheint mir

ein wenig seltsam gewählt. — Das Fest verlangt meine
Gegenwart. Meine Gäste werden sich über eine zu lange
Abwesenheit wundern. Kurz —«

»Kurz,« unterbrach ihn die Goule in gebieterischem
Tone, »ich sage Dir nochmals, Du mußt mich anhören.«

Beherrscht durch diese Stimme, welcher er seit lan=
ger Zeit schon gewohnt war, sich zu unterwerfen, beugte
der Baron das Haupt.

Dieser leichte Triumph ließ einen verstohlenen Blitz
aus Perinens Augen zucken.

»Du wirst,« sagte sie, »sogleich die ganze Wichtig=
keit der Unterredung begreifen, die ich verlange, mein lie=
ber Baron. Vor allen Dingen antworte mir offen: Liebst
Du deine Frau?«

»Welche seltsame Frage!« murmelte Luc.

»Liebst Du deine Frau?« fragte die Goule abermals.

»Ich bewundere ihre glänzende Schönheit,« antwor=
tete der Baron. »Ich sehe in ihr eine vollkommen erge=
bene Mitschuldige und ich betrachte sie als das Hauptwerk=
zeug meines hohen Glückes, aber ich empfinde für sie nichts
von jenem romantischen Gefühle, welches man Liebe
nennt.«

»Um so besser! — um so besser!«

»Warum?«

»Weil Du sie dann weniger betrauern wirst.«

»Betrauern?« wiederholte Luc. »Stehe ich denn im
Begriffe, Carmen zu verlieren?«

»Allerdings wirst Du von diesem Verluste hart be=
droht, mein lieber Baron. Doch da fällt mir ein, daß ich

Dir den eigentlichen Zweck meines nächtlichen Besuches noch nicht mitgetheilt habe. Ich bin gekommen, um Dir anzukündigen, daß ich entschlossen bin, dein Glück zu machen, indem ich deinen Namen oder deine Hand annehme.«

»Ohne Zweifel höre ich nicht recht, oder verstehe ich nicht recht!« rief Kerjean bestürzt.

»O, Du hast ganz recht gehört und ganz recht verstanden. Ich will dein Weib sein.«

Luc machte eine gewaltige Anstrengung, um vor den Augen der Goule den Widerwillen zu verhehlen, den er empfand, und seine Lippen brachten nur mit großer Mühe ein gezwungenes mattes Lächeln zu Stande.

»Wohlan, meine schöne Perine,« sagte er mit erkünstelter Heiterkeit zu ihr; »ich wußte wohl, daß Du scherztest. Wir sind auf dem Maskenballe und die Maskenfreiheit gestattet allerhand Scherze, dieser aber scheint mir, offen gestanden, doch nicht ganz zulässig zu sein.«

»In meinem ganzen Leben,« entgegnete die Goule, »in meinem ganzen Leben habe ich niemals ernsthafter von einem unwiderruflicheren Entschluß gesprochen. Ich will Baronin von Kerjean sein und Baronin von Kerjean werde ich sein trotz der ganzen Welt, trotz Deiner selbst, wenn es sein muß.«

»Du wirst mir erlauben, daran zu zweifeln.«

»Wenn Du daran zweifelst, so bist Du auf dem unrichtigen Wege, und ich mache mich anheischig, Dir es sehr bald zu beweisen. Uebrigens bringe ich Dir eine durchaus nicht zu verachtende Aussteuer mit. — Ich gebe

mein Handwerk als Schwarzkünstlerin, so gut und einträg=
lich es übrigens auch ist, auf. Ich bin reich — weit reicher
als Du glaubst. Mein Vermögen — welches ich übrigens,
wie Du weißt, ehrlich erworben — beträgt über eine Mil=
lion. Es gefällt mir jetzt in der großen Welt zu leben. —
Der Titel Baronin und der Name Kerjean haben für mich
etwas Verführerisches — ich will sie und ich werde sie
haben. — Wer kann mich daran hindern? — Von wel=
cher Art sind die Hindernisse? — Laß hören — sprich!«

»Die Hindernisse? — Diese sind ja unzählig. Ich
will nur ein einziges anführen — das unübersteiglichste
von allen.«

»Welches denn?«

»Meine Heirat.«

Perine zuckte die Achseln.

»Deine Heirat, mein lieber Baron? Deswegen beun=
ruhige Dich nicht,« sagte sie.

»Aber dennoch scheint mir —«

»Unsinn!« unterbrach ihn Perine. »Diese Heirat ist
durch mich geschlossen worden und ich mache mich anhei=
schig, sie wieder zu lösen.«

»Auf welche Weise?«

»Auf eine sehr einfache Weise, die Du ja längst kennst.
Zwei Tropfen von einem von mir gefertigten Elixir in ein
Glas Wasser werden vollauf hinreichen. Ein Witwer
spricht, wenn er zu leben weiß, in den ersten Augenblicken
viel von seiner Verzweiflung und weihet reichliche Thränen
dem Andenken seiner angebeteten Gattin, die er niemals
vergessen wird, wie er sagt. — Man bedauert ihn, man

bewundert ihn — man interessirt sich für ihn. Die Zeit vergeht, die Verzweiflung beruhigt sich, die Thränen ver= siegen, der untröstliche Witwer fühlt sich eines schönen Morgens getröstet. Die Einsamkeit ist ein schlimmer Zu= stand, er begreift das, er verheiratet sich wieder und die Welt findet dies ganz natürlich. So etwas sieht man alle Tage. Soll ich Dir Beispiele anführen?«

»Du sprachst soeben von der Welt,« entgegnete Luc lebhaft. »Was würde aber die Welt sagen und denken, wenn sie den Baron von Kerjean die Wahrsagerin Perine Engoulevent, die Herrin des Rothen Hauses, heiraten sähe?«

Die Goule stampfte ungeduldig mit dem Fuße.

»Du beweisest in diesem Augenblicke eine seltsame Beschränktheit,« rief sie; »oder Du bist nicht recht bei Verstande. — Ich frage Dich, wer wird wohl Perinen in der Baronin von Kerjean erkennen? Wer außer Dir kennt meinen wahren Namen und mein wirkliches Gesicht? — Was hast Du darauf zu antworten?«

Luc beugte das Haupt und schwieg.

»Du siehst wohl,« hob Perine wieder an, »daß die unübersteiglichen Hindernisse, von welchen Du sprachst, sich in der Wirklichkeit auf weniger als nichts reduciren. Fürchtest Du, daß ich Dir keine Ehre mache und daß dein alter Adel über meinen plebejischen Geist und meine spieß= bürgerlichen Manieren werde erröthen müssen? — Ich ver= sichere Dir, mein lieber Baron, daß ich im Gegentheile in der aristokratischen Welt, in welcher ich mich bewegen will, wahrhafte Triumphe feiern werde. Dies habe ich Dir so eben schon bewiesen. Wenn dein Stolz sich empört, so ist dein Stolz ein Thor. Die Frau, welche ge=

genwärtig deinen Namen trägt, ist auch nichts Besseres
als ich. Wer ist sie denn im Grunde genommen, diese angebliche Tochter des Hauses Simeuse? Sie ist eine Gitana,
eine Tänzerin, eine Abenteurerin! — Sie ist die von dem
Tribunale zu Nantes zum Tode verurtheilte Verbrecherin.
Sie ist schön, das gebe ich zu, aber ich bin auch schön —
eben so schön als Carmen — schau her!«

Indem die Goule diese Worte sprach, riß sie die
rothsammetne Maske herunter und zeigte ihr Gesicht, über
welches die Jahre dahingegangen waren, ohne eine Spur
darauf zurückzulassen. — Die Stirn war noch rein und
sammetartig wie die eines jungen Mädchens. Die ver-
schleierte Flamme der großen schwarzen Augen beleuchtete
die warme Blässe eines maurischen Teints. Die Lippen
schienen aus einem feuchten Korallenblock gemeißelt zu sein,
das dunkle Haar wand sich in dichten Massen hinter dem
zierlich und schön geformten Kopf, der durch ihre Last er-
müdet zu werden schien, und das männliche Costüm ließ
alle Vollkommenheiten der Büste und des ganzen Wuchses
hervortreten.

Die gesammte Erscheinung dieses infernalischen Wesens
war in der That bezaubernd und unwiderstehlich.

»Du siehst,« fuhr sie mit gerechtem Stolze fort, »daß
ich mich den Schönsten meines Geschlechtes an die Seite
stellen kann, und ich sage Dir ohne Eitelkeit voraus, daß
dein Glück viele Eifersüchtige machen wird. — Also, nimmst
Du dieses Glück an?«

Kerjean zuckte zum zweiten Male die Achseln.

»Du bist von Sinnen!« murmelte er.

»Nimmst Du es an?« wiederholte die Goule

»Nein, hundertmal nein!«

»Ist das dein fester Entschluß?«

»Ja.«

»Ist es dein letztes Wort?«

»Ja, tausendmal ja!«

»Dann nimm Dich in Acht vor mir!«

»Was habe ich zu fürchten?«

»Mein Gott, sehr wenig — einfach weiter nichts als daß Du Morgen Abend in den Kerkern des Châtelet schläfst, gerade wie jener arme Marquis von Gildas, dessen Geschichte Du vor wenigen Minuten so gut erzähltest.«

»Und wer wird mich in dieses Gefängniß schicken, wenn ich fragen darf?«

»Deine gehorsamste Dienerin Perine Engoulevent, welche, da sie nicht deine treue Genossin werden kann, deine tödtliche Feindin werden wird.«

»Du drohest mir also?«

»Ja wohl und in's Gesicht, wie Du siehst.«

»Du willst mich also denunciren?«

»Ja wohl und zwar noch in dieser Nacht. Nichts wird mir leichter sein als dies, wie Du selbst zugeben wirst, denn der Polizeilieutenant ist selbst hier und ich kann ihn jeden Augenblick anreden.«

Kerjean nahm eine verächtliche Miene an.

»Du vergissest, meine arme Perine,« sagte er, indem er eine Sicherheit heuchelte, welche er weit entfernt war zu fühlen; »Du vergissest, daß Denuncianten ihre Anklagen in bestimmter Weise formuliren müssen. Auf welchen Grund=

lagen würden die deinigen ruhen? Du willst wohl die Falschmünzerei zur Sprache bringen? — Ganz wie Dir beliebt! Man möge das Hotel durchsuchen — man wird nichts finden. Du würdest als Verleumderin dastehen.«

»O, da weiß ich etwas Besseres, lieber Baron, woran Du nicht zu denken scheinst. Glaubst Du, daß Herr von Sartine ohne Neugier und ohne Interesse die seltsame Geschichte der Episoden deiner Heirat hören wird? Glaubst Du, er werde mit der geschickten Art und Weise einverstanden sein, auf welche Du Dich in Herzogsfamilien eindrängst? Glaubst Du, daß die Vertauschung des Edelfräuleins mit der Gitana ihm als ein leichtes verzeihliches Vergehen erscheinen werde? Ich für meinen Theil zweifle daran, und Du?«

Luc rief:

»Perine, Du erregst mein Mitleid! Deine Erfindungen sind erbärmlich.«

»Ist das wirklich deine Meinung, mein lieber Baron?«

»Eine solche Anklage würde mich nicht treffen und, weit entfernt, mich nach dem Châtelet zu bringen, vielmehr Dich geradewegs nach der Salpetrière führen, wo man wahnsinnige Weiber einsperrt. Deine Vertauschungsgeschichte ist weiter nichts als ein unwahrscheinlicher Roman. Niemand wird dieser unmöglichen Aehnlichkeit zwischen Carmen und Jane Glauben beimessen. Du flößest mir daher durchaus keine Furcht ein. Du wirst Dich selbst hüten, davon zu sprechen, denn Du weißt eben so gut als ich, daß eine solche Anklage nur dann zulässig ist, wenn man den Beweis beibringen kann.«

»Diesen Beweis werde ich beibringen.«

»Um ihn beizubringen, muß man ihn erst haben.«

»Er ist in meinen Händen.«

»Das glaube ich nicht.«

»Er ist in meinen Händen, sage ich Dir, und er ist zermalmend, unwiderleglich.«

»Das ist eine Lüge! Nur ein einziger Beweis wäre unwiderleglich: die lebende Jane — Jane aber ist todt.«

»Du irrst Dich, lieber Baron, Jane lebt.«

»Perine, dein Gedächtniß wird Dir untreu. Du scheinst nicht mehr zu wissen, daß ich Jane's Grab in dem Erdgeschoß des Rothen Hauses mit meinen eigenen Füßen festgestampft habe.«

»Es war ein leeres Grab, welches Du unter den Füßen hattest. Wenn Jane aufgehört hätte zu leben, so würde ich Dir ihre Leiche gezeigt haben. Ich habe die Waffe bewahrt, die Dich ins Verderben stürzen kann, den Beweis, der Dich zu Boden schmettern muß. — Die Kette, welche Dich an mich fesselt, ist stärker und fester als je. Wenn Du an meinen Worten zweifelst, so komm mit. In meinem Hause wirst Du die Tochter des Herzogs von Simeuse sehen.«

Kerjean wankte.

Er kannte Perine und die unerschöpflichen Hilfsquellen ihres dämonischen Genies hinreichend, um von diesem Augenblick an die Ueberzeugung zu haben, daß sie die Wahrheit sprach. Er sah sich daher mehr als jemals in ihrer Macht, ohne sich gegen sie vertheidigen zu können, und wenn sie befahl, so blieb ihm, wie früher, nichts übrig, als zu gehorchen. Dennoch versuchte er noch zu kämpfen.

»Ich glaube Dir,« sagte er, »aber was kommt darauf an? Dieses Beweises, mit welchem Du mich zu schrecken suchst, kannst Du Dich ja nicht bedienen.«

»Was soll mich daran hindern?«

»Dein eigenes Interesse.«

»Wie so?«

»Wenn Du mich verräthst, so verräthst Du Dich selbst — indem Du mich ins Verderben stürzest, stürzest Du Dich selbst hinein. An dem Tage, wo man den Baron von Kerjean enthauptete, würde die Goule in bester Form verbrannt oder gehängt werden.«

Nun war die Reihe des Achselzuckens an Perinen.

»Das schlage Dir aus dem Sinne, mein lieber Baron,« sagte sie. »Man wird mich weder verbrennen noch hängen. Die Person, welche trotz der Befehle und der Drohungen des Barons von Kerjean die einzige Tochter eines berühmten Hauses gerettet und bei sich aufgenommen, die Person, welche diese Tochter dem Herzog und der Herzogin von Simeuse zurückgäbe, indem sie zugleich die im Finstern schleichenden Unthaten eines Nichtswürdigen enthüllte, diese Person — daran zweifle nicht — würde belohnt, aber nimmermehr bestraft werden. Nicht den Galgen, sondern einen Triumph würde man ihr bereiten.«

Perine hatte Recht — sie war unverwundbar. — Luc begriff dies und bekannte sich besiegt.

»Du bist die Stärkere,« murmelte er mit tiefer Entmuthigung. »Ich füge mich, befiehlst Du — ich werde gehorchen.«

»Es bleibt Dir nichts weiter übrig.«

»Was soll ich thun? Ich erwarte deine Befehle.«

»Erstens und vor allen Dingen mußt Du dein Ver=
mögen vermehren, denn der Reichthum ist das Glück. Außer
der Million, welche Du besitzest, bringe ich Dir noch zwei
anderweite Millionen zu. Du siehst, daß wir eine gewisse
Figur in der Welt spielen werden.«

»Zwei Millionen,« wiederholte Kerjean.

»Allerdings — ist das nicht gerade ziemlich so viel
als das Vermögen der Simeuse? Deine Frau wird ihre
Eltern beerben und Du wirst deine Frau beerben.«

Luc schauderte.

»Welche Masse von Verbrechen!« stammelte er.

»Sie sind nothwendig. — Uebrigens liegt es ja sonst
nicht in deiner Gewohnheit, vor einem Verbrechen zurück=
zubeben. Erinnere Dich des Marquis de la Tour=Landry
— erinnere Dich des Grafen von Jussac — erinnere Dich
des Lieutenants Baudrille und des Marquis René von
Rieux.«

»Du weißt nicht,« unterbrach sie Kerjean, dem der
kalte Schweiß auf die Stirn trat. »René von Rieux, den
ich für todt hielt, lebt. Er war diese Nacht in der Tracht
eines schwarzen Büßermönches hier — er weiß Alles — er
erräth Alles — er hat zu Carmen gesagt: Sie sind nicht
Jane von Simeuse!«

»Ein Grund mehr, um mit dieser Familie aufzuräu=
men. Der Marquis kann nur Muthmaßungen haben und
Muthmaßungen beweisen nichts. Uebrigens werden wir über

ein Mittel nachdenken, uns seiner zu entledigen, da Du so ungeschickt gewesen bist, ihn nur halb zu tödten. Nimm diese beiden Fläschchen — dieses, dessen Inhalt blutroth ist, wird hinreichen, um die angebliche Jane zur Waise zu machen. Dieses andere, welches eine farblose Flüssigkeit enthält, wird das einzige Hinderniß beseitigen, welches mich abhalten kann, deine Frau zu werden. Die Dosen sind sorgfältig abgestuft. — In zwei Monaten werden der Herzog und die Herzogin todt sein und einen Monat später wird Carmen sanft und schmerzlos erlöschen. Du bist dann frei — Du bist dann reich. Drei Monate werden vollauf hinreichen, um der Anstandspflicht der Trauer zu genügen, und in sechs Monaten wird eine neue Baronin von Kerjean ihren Einzug in das Teufelshotel halten.«

»Und Jane, die wirkliche Jane, was soll aus dieser werden?«

»Am Tage unserer Vermälung, eine Stunde nach der Ceremonie, welche mir deinen Namen und deinen Titel geben wird, wirst Du nichts mehr von Jane zu fürchten haben; es soll dies mein Hochzeitsgeschenk sein. Nun wäre Alles besprochen — sind wir einverstanden?«

»Es geht wohl nicht anders.«

»Wann wirst Du handeln?«

»Schon morgen.«

»Hüte Dich ganz besonders vor einer Verwechslung der Fläschchen. Ein solcher Irrthum würde unheilvoll sein.«

»Dieser Irrthum ist unmöglich. Das rothe für den Herzog und das weiße für Carmen. Nicht wahr, so ist es?«

»Ja, so ist es.«

Perine band ihre Maske wieder vor und hüllte sich in einen schwarzen Domino, den eine der eingeladenen Damen in dem Boudoir liegen gelassen.«

»Nun, mein lieber Bräutigam,« hob sie, das letzte Wort betonend, wieder an, »nun will ich Dich wieder dem Feste zurückgeben, dessen prachtvolle Anordnung Dir zur größten Ehre gereicht. Leihe mir deinen Arm, um in die Salons zurückzukehren, bis in die Vorhalle aber brauchst Du mich nicht zu begleiten.«

Der Baron und die Goule verließen das Boudoir.

Kaum hatten sie mitten unter der allgemeinen Neugier mit einander einige Schritte gethan, so schlüpfte die Herrin des Rothen Hauses, indem sie unversehens ihren Begleiter losließ, mit der Schnelligkeit einer Natter unter die dichteste Menge hinein und entschwand Luc's Blicken.

Einen Augenblick später verließ sie das Teufelshotel.

Achtes Capitel.

Im Rothen Hause.

Als Perine in den schwarzen Domino, der ihr Costüm verdeckte, gehüllt, das Teufelshotel verließ, schlug sie, anstatt sich links zu wenden und ihre Schritte nach dem Place Saint-Michel zu lenken, sich vielmehr rechts und ging die Rue d'Enfer nach der Seite hinauf, wo sich gegenwärtig der Platz des Observatoriums befindet.

Ungefähr zweihundert Schritte von dem glänzend er=
leuchteten Gitterthor des Hotels, nicht weit von der kleinen
in der Gartenmauer angebrachten Thür, durch welche wir
in jener Schreckensnacht Kerjean, Morales und Malo ein=
treten sahen, wartete eine bescheidene Sänfte.

Die Träger schliefen auf ihren Tragstangen sitzend.

Perine stieg in diese Sänfte und befahl den Trägern,
sie wieder dahin zu bringen, wo sie sie abgeholt.

Nach Verlauf von ungefähr dreiviertel Stunden stieg
die Goule am äußersten Ende des Gäßchens l'Estouffade aus,
und begab sich zu Fuße nach dem verborgenen Eingange
des Rothen Hauses, nachdem sie mehrmals hinter sich ge=
blickt, um sich zu überzeugen, daß ihr Niemand nachge=
schlichen sei.

Das große Zimmer des ersten Stockwerkes ward
durch den matten Schein einer kleinen Lampe erleuchtet,
welche auf dem Tische von Ebenholz stand, und der Neger
Jupiter, welchem seine Herrin befohlen, ihre Rückkehr zu
erwarten, genoß die Wohlthat eines ruhigen, tiefen Schla=
fes in dem uns bekannten umfangreichen Lehnsessel.

Er hörte weder die Thür sich öffnen, noch Perine sich
ihm nähern.

»Jupiter!« rief die Goule in rauhem Tone.

»Herrin!« stammelte der Neger, welcher scheu die
Augen umherrollend plötzlich erwachte.

»Hältst Du auf diese Weise Wache? Hütest Du auf
diese Weise das Haus, welches ich Dir anvertraut?«

»Ich wollen wachen — ich nicht wollen schlafen —
ich ganz gut hüten — aber Schlaf sein stärker als armer

Jupiter — Armer Jupiter bitten um Verzeihung — bitten sehr um Verzeihung!« stammelte der Neger, indem er an allen Gliedern zitterte.

»Es ist gut — trotz deiner zahlreichen Mängel bist Du im Ganzen genommen ein guter Diener und ich will Dir verzeihen. Höre aber jetzt mit Aufmerksamkeit, was ich Dir sagen werde.«

»Ich sein ganz Ohr — ich sein wieder ganz munter.«

»Du wirst in dein Zimmer hinaufgehen, eine der Matratzen deines Bettes nehmen, wieder herunterkommen und dieselbe auf den Platz der geheimen Treppe ganz nahe an der Thür dieses Zimmers hier legen.«

»Ja, Herrin. Jupiter gehorchen ganz schnell und gehen dann rasch wieder hinauf und legen sich in sein Bett, wenn Herrin erlaubt.«

»Du kannst Dich allerdings niederlegen, aber nicht in deinem Zimmer. Du wirst Dich vielmehr angekleidet wie Du bist auf die Matratze werfen, so daß Niemand hier hereinkommen kann, ohne Dich aufzuwecken. Hier sind Pistolen — Du wirst sie neben Dich legen und Dich im Nothfalle ihrer bedienen.«

Der Neger betrachtete Perinen mit offenkundiger Unruhe.

»Herrin erwarten wohl Diebe?« fragte er, indem er ganz grünlich ward, was bei den Negern die Art und Weise des Erröthens ist.

Die Goule konnte nicht umhin zu lächeln.

»Nein,« entgegnete sie,» ich erwarte keine Diebe, aber ich habe Feinde, und die Klugheit gebietet mir unaufhörlich wachsam zu sein. Gehe denn, Jupiter, und thue, was ich Dir befohlen.«

Der Neger verließ das Zimmer, indem er die Pisto‑ len mitnahm.

Nach Verlauf weniger Augenblicke hörte Perine ihn wieder aus dem oberen Stockwerke herabkommen, und sich an dem ihm bezeichneten Orte lagern.

Es dauerte nicht lange, so bewies ihr das regelmä‑ ßige Geräusch eines sonoren Athmens, daß Jupiter in sei‑ nem Schlafe weiter fortfuhr.

Nun verschloß die Herrin des Rothen Hauses die Thüren von innen, schob die Riegel vor und sagte sich, daß sie nun in Sicherheit sei.

Wir haben Perine so eben von ihren Feinden spre‑ chen hören. In der That hatte sie aber nur einen einzigen — und dieser war Luc von Kerjean.

Sie machte sich durchaus keine Täuschung. Sie wußte, daß sie von dem Baron schon seit langer Zeit gehaßt ward, wie der grausame Herr stets von dem Sclaven gehaßt wird, der sich vor ihm beugen muß.

Sie verhehlte sich nicht, daß die dem Baron von ihr aufgedrungene Vermälung nicht verfehlen konnte, diesen Haß noch zu steigern, und sie fand es durchaus nicht un‑ wahrscheinlich, daß Luc seine Ketten zu brechen versuchen und irgend etwas Verzweifeltes gegen sie unternehmen würde. Dies war der Grund ihres klugen Entschlusses, je‑ denfalls auf ihrer Hut zu sein.

Wir wissen, daß das Schlafzimmer des Rothen Hau‑ ses mit dem großen Zimmer in Verbindung stand.

Perine ergriff die Lampe, trat in das Schlafzimmer und nachdem sie sich ihrer Verkleidung entledigt, warf sie das lange, wallende, braune Gewand über, welches sie gewöhnlich trug.

Sie lenkte ihre Schritte nach der Ecke, wo das Wand= getäfel ein mit wunderbarer Kunst verborgenes Feld enthielt, welches durch eine nur ihr bekannte Feder in Bewegung gesetzt ward.

Sie ließ diese Feder spielen. Das Wandfeld ver= schwand sofort hinter dem daneben befindlichen und demas= kirte den Eingang in das schmale düstere Gemach, welches der Tochter des Herzogs von Simeuse zum Asyl oder viel= mehr zum Kerker diente.

Perine näherte sich dem Bette, auf welchem die Un= glückliche, vollständig angekleidet, in so tiefem Schlafe lag, daß er einer Ohnmacht glich.

Der flackernde Schein der Lampe umgab wie mit einem Heiligenscheine das sanfte, schöne Antlitz, welches farblos war wie eine Wachsmaske und durch den Gegen= satz des langen aufgelösten Haares, welches es wie ein Rah= men von Ebenholz umschloß, noch bleicher gemacht ward.

Eine unerhörte, schmerzliche Veränderung, die wohl geeignet gewesen wäre, ein weniger verstocktes Gemüth als das Perinens mit Unruhe und Reue zu erfüllen, war mit der Jungfrau seit der Zeit ihrer Einkerkerung vorge= gangen.

Ein breiter, schwarzer Ring zog sich um die Augen= lieder herum. Die Wangen waren eingefallen und die Backenknochen ragten hervor. Die Linien des Halses und

der Schultern bewahrten noch ihre graziöse Rundung, ver=
riethen aber dennoch die Abmagerung des ganzen Körpers.

Jane war immer noch schön, aber sie besaß die furcht=
erregende, unheimliche Schönheit der brustkranken Jung=
frauen, welche mit zwanzig Jahren sterben.

Sie erwachte nicht.

Die Goule betrachtete lange diese so reinen Züge,
welchen das Leiden sein Gepräge aufdrückte. Sie täuschte
sich nicht über die Symptome, welche ihren Blicken begeg=
neten.

»Sie stirbt,« murmelte sie; »sie erlischt mit wunder=
barer Schnelligkeit. Es war eine reiche und starke Natur,
die lange Widerstand leisten sollte, aber die Finsterniß und
die Unbeweglichkeit tödten sie. Dennoch aber bedarf ich noch
ihrer. — Ihr Leben ist mir unentbehrlich — sie darf erst
in sechs Monaten sterben. Ohne sie würde Kerjean mir
entrinnen — ohne sie würde ich mein Ziel nicht erreichen
— Ihre Tage scheinen gezählt zu sein — man sollte glau=
ben, sie stünde im Begriff zu erlöschen, aber die Wissen=
schaft ist kein eitles Wort und ich werde durch meine Kunst
diese Existenz oder vielmehr diesen Todeskampf bis zu der
Stunde verlängern, wo Jane von Simeuse meinen ehrgei=
zigen Plänen nicht mehr dienen kann.«

Perine kehrte in das Nebenzimmer zurück. Sie öffnete
einen Schrank von Eichenholz und nahm von einem der
Bretgestelle desselben 'eine Phiole von schwarzem Glas
und einen kleinen Becher von Krystall.

Nachdem sie einige Tropfen einer farblosen Flüssigkeit
in den Becher gegossen, kehrte sie zu

Das Haus d. Geheimnisse. III.

7

rück und legte ihre Hand auf den weißen abgemagerten Arm, der über den Rand des Bettes herabhing.

Jane öffnete die Augen und richtete sich halb empor.

Wie schwach auch das Licht der Lampe war, so konnten doch ihre an fast vollständige Dunkelheit gewöhnten Augen den Glanz nicht ertragen und ihre Lider senkten sich rasch.

Gleichzeitig stieß sie einen langen Seufzer aus und ihre rechte Hand drückte sich auf die Brust, während ihr Gesicht einen schmerzlichen Ausdruck annahm.

»Haben Sie Schmerzen?« fragte die Goule.

Jane schien nicht zu verstehen und antwortete nicht.

Perine wiederholte ihre Frage, indem sie ihrerseits Jane's Brust berührte.

Die Gefangene schauderte unter dieser Berührung und warf sich rasch zurück, indem sie mit beinahe erloschener Stimme stammelte:

»Feuer! Das ist Feuer — ich verbrenne. O, meine Mutter, meine Mutter, wirst Du nicht kommen, um mir sterben zu helfen?«

»Sie werden nicht sterben, mein Kind,« hob Perine wieder an, »und Ihre Mutter schickt mich, um das Feuer zu löschen, welches in Ihnen brennt. Trinken Sie und Sie werden Linderung fühlen.«

Jane heftete einen düstern, ausdruckslosen Blick auf Perinen. Sie streckte nicht die Hand nach dem Krystallbecher aus, den die Goule ihr bot, und murmelte zum zweiten Male schüchtern

Mutter — o meine Mutter!«

»Wohlan,« wiederholte Perine in gebieterischem Tone, »Sie müssen mich hören und mir gehorchen. Trinken Sie und Sie werden nicht mehr leiden. Trinken Sie — ich will es!«

Gleichzeitig näherte sie den Becher den Lippen des armen Kindes.

Jane ward von einem nervösen Zittern ergriffen, Angst und Furcht malten sich auf ihrem Gesicht, aber sie leistete keinen Widerstand und trank fügsam bis auf den letzten Tropfen.

Beinahe sofort sank ihr Kopf wieder auf das Kissen und ihre Augen schlossen sich wieder. Sie schlief ein.

Perine setzte sich neben das Bett und studirte mit tiefer Aufmerksamkeit das Gesicht ihres Schlachtopfers.

Nach Verlauf von einigen Minuten konnte sie eine wichtige Veränderung bemerken. Die Spannung der Züge ließ nach. Der schwarze Ring, welcher die Augen umgab, ward undeutlicher, eine schwache Röthe trat an die Stelle der Leichenblässe auf Wangen und Stirn und ein gleich= mäßiger, sanfter Athemzug hob die Brust.

Es war augenscheinlich, daß der dumpfe Schmerz, welchen Jane mit dem Brennen eines innern Feuers ver= glich, für den Augenblick verschwunden war.

Ein Lächeln umspielte Perinens Lippen und sie erhob sich und verließ das Zimmer oder vielmehr das Gefängniß, indem sie leise bei sich sagte:

»Sie wird schon noch sechs Monate leben.«

Nachdem Perine ihren Gedanken auf diese Weise Worte geliehen, kehrte sie in ihr Schlafzimmer zurück, ließ das geheimnißvolle Wandfeld wieder seinen Platz in dem Getäfel einnehmen, und schickte sich an, ebenfalls zu Bett zu gehen. Als sie jedoch mit ihrer Nachttoilette fertig war, besann sie sich anders und entschloß sich zu „arbeiten", weil sie sich viel zu aufgeregt fühlte, um schlafen zu können.

Die Arbeiten der Goule kennen wir. Wenn sie nicht wahrsagte, so destillirte sie mit Eifer jene mörderischen Elixire, in deren Zusammensetzung sie nicht ihresgleichen hatte. Mit den furchtbarsten Giften spielen, aus den Metallen und Mineralien die tödtlichsten Gase ausziehen, dies war für sie gleichzeitig ein Geschäft und eine Wollust.

In dieser Nacht mußte sie übrigens die Getränke bereiten, welche Jane's Leben noch um ein halbes Jahr verlängern sollten.

Perine verließ deßhalb ihr Schlafzimmer. Sie zündete eine Schirmlampe an, welche ihr das lebhafte Licht geben konnte, welches sie bedurfte.

Sie trat in ihr Glaslaboratorium, sie füllte die Oefen mit gereinigter Holzkohle, welche sie durch in Salpeter und Weingeist getauchte Dochte in Brand steckte, sie setzte die Retorten und Destillirkolben auf die angefachte Glut, sie befestigte hinter ihrem Kopfe die Schnüre der Glasmaske, welche sie während ihrer gefährlichen chemischen Operationen trug, und während scharfe Dünste sich um sie herum zu entwickeln begannen, fand sie ein Vergnügen daran, ihre Erinnerungen und Hoffnungen wach zu rufen und die Gegenwart und die Zukunft einander gegenüberzustellen.

»Ha,« murmelte sie, nachdem sie die Blicke ihres
Gedächtnisses über ihr ganzes Leben hatte schweifen lassen,
»er hatte Recht, der Jude Samuel, er hatte Recht, mein
alter Meister, als er in dem Augenblick, wo er in das
Nichts zurückzukehren im Begriff stand, zu mir sagte:
»»Ich habe dir das einzige wahre Gut gegeben, den ein=
zigen unvergleichlichen Talisman: die Wissenschaft des
Bösen! — Durch mich wirst du reich und mächtig sein
— Leidenschaften und Laster wirst du auszubeuten wissen.
— In dem Koth wirst du das Gold suchen und ich ver=
spreche dir eine reichliche Ernte. Die Fundgrube, in welche
du hinabsteigen wirst, ist stets jungfräulich, stets fruchtbar,
ewig reich — Gold und Wissenschaft, dies sind die beiden
Worte des Lebens. Alles Uebrige ist nichts!«« Der alte
Philosoph war ein Prophet und seine Weissagung ist in
Erfüllung gegangen. — Die Laster, die Verbrechen der
Menschen haben mir Reichthum gegeben und bald werde
ich auch die Macht haben, daß ich mit aufgerichtetem
Haupte in diese stolze patrizische Welt eintreten werde,
welche mir auf immer verschlossen zu bleiben schien. — In
sechs Monaten bin ich Baronin von Kerjean. Ehe sechs
Monate vergehen, trage ich den Namen jener stolzen bre=
tonischen Cavaliere, deren Diener und demüthige Vasallen
mein Vater, mein Großvater und mein Urgroßvater waren.
Dieser Kerjean ist ein Elender, das weiß ich — ein Mann
ohne Herz und ohne Seele — aber wenn er nicht dies
Alles wäre, würde er mich dann heiraten? — Nein, hun=
dertmal nein! — Und übrigens was frage ich darnach?
Ich will von ihm weiter nichts als seinen Titel. — Ich
verachte ihn eben so sehr, als er mich verabscheut. Gegen=

wärtig geht er, wie ich fest überzeugt bin, mit Mordge=
danken gegen mich um. — Sobald ich sein Weib sein
werde, wird er — daran zweifle ich nicht — alle Mittel
aufsuchen, um sich meiner zu entledigen. Aber ich werde
ihm zuvorzukommen wissen und die Baronin von Kerjean
wird zuerst Witwe sein, um dem Baron von Kerjean den
Kummer des Witwerstandes zu ersparen.«

Dieser letztere Gedanke bewog Perinen unter ihrer
Maske zu lächeln. Während sie so mit sich sprach, entzün=
deten sich nach ihrer Meinung die unter den Retorten kni=
sternden Kohlen nicht schnell genug. Sie nahm deshalb
einen mit doppelter Schnauze versehenen Blasbalg von der
Wand und begann die Flamme anzufachen, hielt aber fast
sofort wieder inne.

Es war ihr, als hörte sie in dem Schweigen der
Nacht von dem Gäßchen l'Estouffade her das Geräusch
einer sich vorsichtig öffnenden und schließenden Thür.

Da nun, wie wir schon gesagt zu haben glaubten,
das Rothe Haus von den nächsten Nachbarhäusern eine
ziemliche Strecke abgesondert stand, so ging keine andere
Thür hier auf das Gäßchen.

Perine verließ das Glaslaboratorium, lenkte ihre
Schritte nach einem Fenster, dessen Läden sie öffnete, und
bog sich hinaus. Die Dunkelheit war tief, ebenso wie die
Ruhe. In weiter Entfernung heulte ein Hund, in dem
Gäßchen ging Niemand.

Die Goule schloß das Fenster wieder, durchschritt das
große Zimmer in seiner ganzen Länge und näherte sich der
Thür, hinter welcher Jupiter lag.

Hier horchte sie wieder einige Minuten lang. Das regelmäßige Schnarchen des Negers war das einzige Geräusch, welches an ihr Ohr schlug.

»Ich hatte mich getäuscht!« sagte sie, indem sie wieder an ihrem Destillirkolben Platz nahm, in welchem die Flüssigkeiten sich zu bewegen und zu zittern begannen.

»In dem Schweigen der Nacht vernimmt man oft seltsame, unerklärliche Klänge. — Das Rothe Haus ist fest geschlossen, Alles ist vollkommen ruhig und ich habe nichts zu fürchten.«

Auf diese Weise wieder beruhigt, stieß die Goule ein eisernes Stäbchen zwei= oder dreimal in die glühenden Kohlen, um die Hitze des Feuers zu steigern, und während Myriaden von Funken emporsprühten wie die Raketen eines Feuerwerks, knüpfte sie in aller Ruhe den Faden ihres unterbrochenen Alleingesprächs wieder an.

Neuntes Capitel.

Ein nächtliches Drama.

Kerjean hatte, wenigstens insoweit es von ihm abhing, während der ganzen Dauer seiner Unterredung mit der Goule gute Miene zum bösen Spiele gemacht. Als das furchtbare Geschöpf nach dieser Unterredung seinen Arm verlassen und sich unter der Menge verloren hatte, empfand er eine vollständige Betäubung, die der eines Men-

schen glich, welcher einen Keulenschlag auf den Kopf be=
kommen, und der sich durch die Heftigkeit dieses Schlages
der Fähigkeit des Denkens und Ueberlegens beraubt sieht.

Diese Art geistiger Lähmung des Barons ward noch
durch den Eifer oder vielmehr durch die Zudringlichkeit
eines großen Theils seiner Gäste gesteigert, welche ihn mit
stürmischer Neugier umringten, und tausend Fragen an
ihn thaten, welche alle sich auf die geheimnißvolle Unbe=
kannte bezogen.

Luc entschuldigte sich so gut er konnte, und verwei=
gerte die Beantwortung dieser Fragen. Es handelte sich,
wie er sagte, um ein Geheimniß, welches ihm nicht ange=
hörte, und um eine Dame, die er nicht nennen dürfe. Dann
schlich er, um sich neuen Fragen zu entziehen, und sich gleich=
zeitig durch einige Augenblicke der Ruhe und des Schwei=
gens wieder zu sammeln, sich verstohlen aus den Empfangs=
sälen hinaus, und zog sich in sein Privatcabinet zurück.

Hier sank er in einen Armsessel, bedeckte das Gesicht
mit den Händen und machte eine verzweifelte Anstrengung
seiner ganzen moralischen Energie. Diese Anstrengung war
nicht vergebens. — Er erlangte seine Selbstbeherrschung
schneller wieder, als er gehofft, und es ward ihm möglich,
die Situation von allen Seiten ins Auge zu fassen.

Diese Situation war eine zermalmende. In dieser
Beziehung schien keine Täuschung mehr erlaubt oder mög=
lich zu sein. Die Wirklichkeit übertraf die schlimmsten
Träume, die schwärzesten Befürchtungen.

Eine Stunde vorher noch wiegte er sich in trügerischer
Sicherheit. Er sah keine Wolke an seinem Himmel, er

hätte darauf geschworen, daß von keiner Seite her ein Orkan im Anzuge sei.

René von Rieux war todt — die unheilvolle Macht der Goule bestand nicht mehr, Luc fühlte sich frei und stark und der Hauch des Erfolges blähte die Segel seiner geschickt gesteuerten Barke.

Das Erwachen war schrecklich gewesen. Ein zweifacher Donnerschlag hatte den Sturm verkündet.

René von Rieux, der durch ein Wunder gerettet worden, wußte Alles und drohte Alles zu offenbaren. Die Goule hatte den lebenden Beweis des vollbrachten Verbrechens in den Händen. Mehr als je mußte Luc das Haupt vor seiner Mitschuldigen beugen und sich mit der Unterwürfigkeit eines bezahlten Dieners in alle ihre Launen fügen.

Dieser zweischneidigen Situation gegenüber war die Reaction eine heftige, vollständige und plötzliche. Der Zorn, jener dumpfe Zorn, welcher sich in Gegenwart von Zeugen nur durch die Blässe des Gesichtes, die Farblosigkeit der Lippen und das Zittern der Stimme verräth, erwachte in Luc's Gemüth. Er fühlte gegen Perinen jenen wüthenden Haß, der vor nichts zurückbebt, um seinen Durst zu stillen.

Die Goule war zu weit gegangen, und dies war ein Fehler. Indem sie Kerjean's Weib zu werden verlangte, wünschte sie das Unmögliche. Nicht als ob Luc noch genug Selbstachtung besessen hätte, um seinen Namen einem nichtswürdigen und verbrecherischen Geschöpfe zu verweigern — dies bewies seine Vermälung mit Carmen —

wohl aber gesellte zu dem Abscheu, welchen die Schwarzkünstlerin ihm seit langer Zeit einflößte, sich jetzt auch noch
gewaltige Furcht.

Er kannte seine Mitschuldige genau, er begriff recht
wohl, daß sie von ihm nur einen Titel und das Recht des
Zutrittes in die patrizische Welt wollte; er fühlte, daß ihr
Haß gegen ihn eben so stark war, als der seinige gegen
sie; er besaß endlich die unerschütterliche Ueberzeugung,
daß Perine, sobald sie Baronin von Kerjean geworden,
nur darnach trachten würde, sich seiner als ihres nächsten
und gefährlichsten Feindes zu entledigen.

Nun aber wissen wir eben so gut als Luc, daß die
Goule, wenn sie sich eines Feindes entledigen wollte, zur
Erreichung dieser Absicht ein ganzes Arsenal von verschiedenen Mitteln besaß, welche ihre Wirkung niemals ver-
fehlten.

»Ha, nichtswürdige Hexe, verfluchte Giftmischerin!«
murmelte der Baron, indem er bleich und entschlossen die
Drohung im Auge und auf den Lippen mit eiligen Schritten in seinem Zimmer auf und ab ging. »Du willst kämpfen. Wohlan, wir werden kämpfen. Der Kampf soll noch
diese Nacht beginnen, und in einer Stunde werden wir
sehen, ob deine Liebestränke und deine Elixire Dich gegen
mich vertheidigen können!«

Kerjean trat vor einen großen venetianischen Schrank
von Ebenholz mit Perlmutter und Kupfer eingelegt, und
wühlte mit fieberhafter Aufregung in den Schubkästen dieses Schrankes.

Nach einigen Augenblicken richtete er sich mit einem

triumphirenden Ausrufe wieder empor. Er hielt einen stäh=
lernen Schlüffel in der Hand. Dieser Schlüffel war ein
wenig verroftet, von mittlerer Größe und fein oberer Theil
hatte die Form eines Kleeblattes, welches durchbrochen
war wie die Rofette einer gothifchen Kathedrale.

Es war der Schlüffel zur Hinterthür des Rothen Haufes.

Um zu erklären, wie diefer Schlüffel zu fo gelegener
Zeit dem Baron in die Hände fiel, müffen wir die Erin=
nerung unferer Lefer in Anspruch nehmen.

Zu Anfange diefer Erzählung — am Abend des
20. Februar 1772 — hörten wir Perine ihre Verwunde=
rung ausfprechen, daß Kerjean durch die große Eingangs=
thür von der Rue de l'Hirondelle bei ihr eintrat, weshalb
fie zu ihm fagte:

»Warum bift Du nicht von dem Gäßchen l'Eftouf=
fade hergekommen? Du haft ja einen Nachfchlüffel zu die=
fer Thür.«

»Allerdings,« antwortete der Baron, »aber heute
Abend war es mir unmöglich, diefen Schlüffel zu finden.
Ich kann ihn indeffen blos verlegt haben, und morgen
werde ich ihn wieder finden.«

»Du mußt ihn wiederfinden, und zwar ohne Ver=
zug. Ich fühle mich in meiner Wohnung nicht mehr ficher,
und wenn der Schlüffel morgen nicht wieder in deinen Be=
fitz zurückgekehrt ift, fo laß' ich das Schloß ändern.«

Am nächftfolgenden Tage war der Schlüffel, wie es
fchien, mehr als je verloren. Perine aber hatte überlegt,
daß, wenn ihn auch Jemand gefunden, diefer Jemand, da
er nicht wußte, zu welcher Thür er gehörte, keinen Ge=
brauch davon machen könnte. Demzufolge ließ fie das

Schloß an seinem Platze, und gab dem Baron einen zweiten Schlüssel.

Nachdem die von uns erzählten Ereignisse stattgefun-
den, nach Luc's Vermälung, hörte dieser Schlüssel auf
ihm von Nutzen zu sein. Perine verlangte ihn zurück, und
er gab ihr ihn; in der Zwischenzeit aber hatte er den ersten
wieder gefunden. Auf jeden Fall sprach er aber nicht davon, und warf den Schlüssel in einen Schubkasten.

Jetzt sehen wir ihn sich desselben mit einem Ausrufe
des Triumphes bemächtigen.

Der Eintritt in das Rothe Haus war ihm fortan
möglich und leicht. Es war dies ein herrlicher Ausgangs-
punkt für das Unternehmen, mit welchem er in Gedanken
umging, und welches er nun sofort in Ausführung bringen
konnte.

Ha, wie beklagte Luc den Degenstich, welchen so
zur Unzeit für ihn Coquelicot bekommen, und der, wenn er
auch nicht tödtlich war, doch den Banditen auf lange Zeit
zu vollständiger Unthätigkeit verurtheilte.

Was nützen aber zwecklose Klagen? Es mußte un-
verzüglich gehandelt werden, und Luc durfte auf Niemand
weiter rechnen, als auf sich allein und Malo, seinen treuen
Diener.

Zwei Männer mußten genug sein gegen ein Weib,
selbst wenn dieses Weib die Goule hieß.

Kerjean zog eine Klingel und befahl dem eintreten-
den Lakai, ihm Malo zu schicken und dem Marquis del
Rio Santo (Morales) zu melden, daß er ihn bitten ließe,
sich zu ihm zu bemühen.

Morales und Malo ließen Beide nicht auf sich warten.

Der ehemalige Gitano war ein wenig mehr als zu drei Viertheilen betrunken und seine dicke Zunge gestattete ihm nicht, ein einziges Wort deutlich hervorzubringen, aber dennoch bewahrte er ein ganz anständiges Gleichgewicht.

Mehr war auch nicht nöthig.

Luc befahl Morales, so schnell als möglich sein glän= zendes Costüm als Grand von Spanien abzulegen, und gegen einen Anzug von dunkler Farbe zu vertauschen.

Malo erhielt einen gleichen Befehl und außerdem den Auftrag, Pistolen in den Gürtel zu stecken, drei Pferde zu satteln und mit denselben am äußersten Ende der Rue d'Enfer zu warten.

Der Spanier und der Bretagner entfernten sich, um zu gehorchen.

Luc kehrte in die Salons zurück. Sein Gesicht war wieder lächelnd und heiter geworden. Er antwortete i..n natürlichsten und muntersten Tone Allen, welche ihn an= redeten. Er näherte sich Carmen und theilte ihr leise mit, daß sie sich nicht über seine Abwesenheit wundern solle, indem er hinzufügte, er sähe sich gezwungen, das Hotel wegen einer Angelegenheit von hoher Bedeutung, die er nicht aufschieben könne und von welcher er sie bei seiner Rückkehr unterrichten würde, auf einige Stunden zu ver= lassen.

Carmen, die durch das Geheimniß, welches diesen unerwarteten Ausflug umgab, beunruhigt ward, wollte den Baron näher befragen.

»Frage mich nicht,« entgegnete ihr dieser; »ich würde keine Zeit haben, zu antworten.«

Und er verließ abermals verstohlen die Salons.

Sobald er einmal in seinem Zimmer war, legte er seine Teufelsmaske ab und kleidete sich schwarz. Er nahm einen Degen, einen Dolch, einen schweren Hammer und eine Blendlaterne, welche er anzündete. Er schnallte Sporen an seine Stiefel und band eine Halbmaske vor das Gesicht. Er hüllte sich in einen weiten Mantel, suchte dann Morales auf, der, und zwar aus gutem Grunde, kein Wort sagte, im Stillen aber die Nähe des an alten Weinen so fruchtbaren Büffets betrauerte, und begab sich mit ihm an den verabredeten Ort, wo Malo ihn mit den drei ge= sattelten Pferden erwartete.

Kerjean schwang sich in den Sattel, Morales that nicht ohne Mühe dasselbe, Malo setzte sich ebenfalls auf und die drei Reiter galoppirten davon.

Einige Minuten zuvor, ehe man das Gäßchen L'Estouffade erreichte, mäßigte Luc die Schnelligkeit seines Pferdes und ließ es endlich blos im Schritt gehen. In dem Augenblick, wo man in das Gäßchen einbiegen wollte, hielt er sein Pferd an und stieg ab.

Morales und Malo ahmten seinem Beispiele nach.

Luc knüpfte die drei Zügel zusammen, übergab sie Carmens Bruder und ließ ihn auf einem Eckstein Platz nehmen, indem er ihm zugleich einschärfte, sich nicht von der Stelle zu rühren.

Morales war dies gerade recht. Die heftigen Bewe= gungen des raschen Rittes hatten seine Trunkenheit bedeu= tend gesteigert. Die Unbeweglichkeit hatte deshalb Reiz für ihn.

Der Baron und Malo gingen dann in das Gäßchen hinein und erreichten sehr bald die kleine Thür, welche beide so gut kannten.

Luc zog den Schlüssel aus der Tasche; ehe er denselben aber in das Schloß steckte, wendete er sich zu seinem Diener und murmelte ihm in's Ohr:

»Malo, bist Du mir treu?«

»Das wissen Sie, Herr Baron.«

»Mit Leib und Seele?«

»Können Sie daran zweifeln, Herr Baron?«

»Nun, siehst Du, in dieser Nacht bedarf ich blinder Treue und Hingebung. Ich muß unbedingt auf Dich rechnen können.«

»So verstehe ich es auch.«

»Du vergießest nicht gern Blut, das weiß ich.«

»Freilich, wenn es sich umgehen läßt. Indessen wenn es durchaus sein muß, um Ihnen zu nützen, Herr Baron —«

»Wenn sich ein toller Hund auf mich stürzte, so würdest Du ihn ohne Zögern tödten, nicht wahr?«

»Das wollte ich meinen!«

»Wohlan, die Herrin des Rothen Hauses ist meine unversöhnliche, eingefleischte und gefährlichste Feindin geworden. Sie hat nicht blos den Willen, sondern auch die Mittel, mich in's Verderben zu stürzen. Wenn sie morgen noch lebt, so ist es um mich geschehen. Du verstehst mich.«

»In diesem Falle, Herr Baron, darf sie eben morgen nicht mehr leben. Sobald sie Schlimmes gegen meinen Herrn beabsichtigt, gehört sie für mich in die Classe der tollen Hunde, von welchen Sie so eben sprachen, Herr Baron.«

»Jedenfalls werde ich mir das Vergnügen machen, sie mit eigener Hand zu erwürgen,« hob Luc wieder an. »Wenn der Zufall sie Dir aber eher als mir in die Hände liefern sollte, dann kein Mitleid! Zertritt das nichtswürdige Wesen wie eine Natter.«

»Es ist gut,« murmelte der Diener. »Man wird sich darnach richten. Der Herr Baron können unbesorgt sein.«

»Sobald einmal die Herrin des Rothen Hauses vernichtet ist,« fuhr Kerjean fort, der sich auch gleichzeitig Jane's von Simeuse zu entledigen gedachte, »stecken wir das alte Haus an allen vier Ecken in Brand. Es darf bei Anbruch des Tages von diesem verfluchten Hause kein Stein mehr auf dem andern sein.«

»Ha, bei der heiligen Anna von Auray,« entgegnete Malo, »das wird ein schönes Freudenfeuer werden. Uebrigens glaube ich nicht, daß das mindeste Unrecht dabei ist, Herr Baron, denn die Gesetze aller Zeiten und aller Länder haben geboten, die Hexen zu tödten und zu verbrennen.«

Diese letzten Worte bewiesen Kerjean, daß sein Diener in der besten Laune war, Mord und Brandstiftung zu begehen.

Mehr verlangte er nicht. Er steckte den Schlüssel ins Schloß, er öffnete die Thür, indem er sich bemühte, das Knarren der verrosteten Angeln zu dämpfen, und nachdem er mit Malo in das Rothe Haus hinein war, schloß er die Thür wieder, indem er dieselbe Vorsicht beobachtete wie beim Oeffnen.

Das schwache Geräusch dieser sich öffnenden und schließenden Thür war es eben, was die Goule in ihrem Glaslaboratorium gehört hatte.

Ehe Kerjean die Schwelle überschritt, hatte er die Fenster des großen Saales hell erleuchtet gesehen. Er wußte daher, daß er die Goule wach und auf den Füßen finden würde. Es kam ihm vor, als wenn die wurmstichigen Dielen des obern Stockwerkes von leichten Tritten knisterten und als ob sich ein Fenster öffnete. Er legte Malo die Hand auf den Mund, um ihm das unbedingteste Schweigen zu gebieten, und verbrachte einige Minuten in vollständiger Unbeweglichkeit.

Endlich, da keine verdächtige Bewegung im Hause geschah, entschloß er sich, die Treppe hinaufzugehen. Er ließ einen bleichen Strahl aus der Blendlaterne fallen und nachdem er sich seines Mantels, der seine Bewegungen hemmte, entledigt, betrat er die nach dem großen Zimmer führende Wendeltreppe.

Malo folgte ihm wie sein Schatten.

So wie er die Stufen hinaufstieg, vernahm er immer deutlicher ein dumpfes, regelmäßiges Murmeln, dessen Ursache ihm unerklärlich erschien. Dieses seltsame, unbegreifliche Murmeln ward ganz einfach durch das geräuschvolle Athmen des schlafenden Jupiter hervorgebracht.

Die beiden Männer erreichten die höchsten Stufen der Treppe.

Nun gewahrte Luc eine schwarze Masse, die vor der Thür des großen Zimmers quer über den Vorplatz ausgestreckt lag.

Er erkannte den Neger und erklärte sich nun sofort das seltsame Geräusch, welches ihn seit einigen Augenblicken in Verwunderung und Unruhe gesetzt hatte.

Jupiter schlief jenen schweren Schlaf, den nichts unterbrechen zu können scheint. Es war unmöglich zu der Thür zu gelangen, ohne über seinen Körper hinwegzusteigen. Er vertheidigte den Zugang nicht durch seine Wachsamkeit, sondern schon durch seine Lage und durch seine imposante Körpermasse.

Kerjean zögerte keinen Augenblick, einen entscheidenden Entschluß zu fassen. Er zog seinen Dolch; dann, da viel darauf ankam, den Unglücklichen durch einen einzigen Stoß zu tödten, ohne ihm Zeit auch nur zu einem Seufzer zu lassen, richtete er seine Laterne auf ihn, um die Stelle gut zu wählen und nicht auf's Gerathewohl zu stoßen.

Kaum aber hatte der leuchtende Strahl die geschlossenen Augenlider des Negers berührt, so öffneten sich dieselben mit einem Male. Er zuckte zusammen — seine Lippen spalteten sich, um einen Schrei auszustoßen.

Sie ließen aber nur ein Aechzen hören, welches schnell durch die Klinge des Dolches unterbrochen ward, die gänzlich in seiner durchschnittenen Kehle verschwand.

So schwach aber auch dieses Aechzen gewesen war, so hatte Perine es doch gehört. Sie verließ abermals ihr Laboratorium und näherte sich der Thür.

Luc schloß rasch seine Laterne.

Der Herr und der Diener standen beide mit den Füßen im Blute und hielten den Athem an.

»Jupiter!« rief die Goule in gedämpftem Tone.

»Wie er schläft!« murmelte sie. Dann wiederholte sie in lauterem Tone:

»Jupiter!«

Da sie immer noch keine Antwort erhielt, so hob sie mit zugleich gebieterischer und zitternder Stimme wieder an:

»Jupiter, hörst Du mich nicht? — Jupiter, wach auf! — Ich will es! — Nichts — immer nichts,« fügte sie hinzu, »was soll das heißen?«

Es ward der Goule augenscheinlich, daß etwas Unbekanntes und Furchtbares in dem Hause vorging und daß eine drohende Gefahr über ihr schwebte.

Von wahnsinnigem Schrecken ergriffen, sprang sie zurück und floh bis in ihr Laboratorium, wo sie ein Asyl finden zu müssen glaubte.

»Jetzt ist der Augenblick der That,« sagte nun Luc zu Malo, indem er seine Laterne öffnete und den mitgebrachten schweren Hammer vom Gürtel löste. »Ich werde mich an das Schloß machen, Du stößest die Felder der Thür ein und sie stürzt nach innen.«

Kerjean hob den stählernen Hammer.

Malo nahm einen Anlauf und prallte gegen die Thür an. Das laut gegen das Eisen schlagende Eisen und der kräftige Schulterstoß des Bretagners gegen das Holz gaben nur ein einziges Getöse. Das Schloß flog in Trümmer, die hölzernen Thürfelder barsten auseinander und die aus ihren Angeln gerissene Thür zerbrach mit einem furchtbaren Gekrach, welchem Perine durch einen Schrei der Angst und des Entsetzens antwortete.

»Wir haben sie!« rief Luc. »Die Natter soll uns
nicht entschlüpfen. Vorwärts! vorwärts!«

Er stürzte mit einem Pistol in jeder Hand in das
große Zimmer, kaum aber hatte er die Schwelle über=
schritten, so prallte er, von einer unwiderstehlichen, über=
natürlichen Kraft getrieben, zurück.

Es war in der That so. Die furchtbaren Gase, welche
aus den Retorten der Goule aufstiegen, sättigten die Luft,
und machten sie tödtlich für jeden, der keine Glasmaske
trug.

Perine begriff sofort, was vorging. Sie sagte sich,
daß ein unverhoffter wunderbarer Zufall ihr zu Hilfe kam.
Sie faßte wieder Muth und Vertrauen.

»Baron von Kerjean!« rief sie, indem sie von einem
der Bretergestelle des Laboratoriums eine gläserne Kugel
nahm, welche mit Nebel gefüllt zu sein schien und mit einem
silbernen Schraubenpfropf verschlossen war. »Du glaubst
mich in deiner Gewalt zu haben, aber ich habe Dich in der
meinigen. Du kamst hierher, um mich zu morden, aber Du
bist es, der nicht lebend wieder von dannen kommt!«

Indem sie diese Worte sprach, schwang sie die glä=
serne Kugel und that, als wollte sie damit nach Luc werfen.

Es wäre um ihn geschehen gewesen. Die Ausströ=
mungen des mörderischen Gases, welches aus der zerbre=
chenden Glaskugel gedrungen wäre, hätten ihn sofort todt
niedergestreckt.

Er begriff dies. Er kam der Bewegung der Goule
zuvor und feuerte seine beiden Pistolen gleichzeitig auf sie
ab, während er zugleich rückwärts die Treppe hinunter=
sprang.

Die schlecht gezielten Kugeln zerschlugen, anstatt Perine zu treffen, die auf den Oefen stehenden Destillirkolben und brachten eine zehnmal furchtbarere Wirkung hervor, als Kerjean vorausgesehen..

Die siedenden Flüssigkeiten fingen durch die Berührung mit den glühenden Kohlen Feuer.

Ein betäubender Knall folgte. Das Laboratorium explodirte wie eine Bombe, das alte Haus erzitterte bis in seine Grundfesten und die Wände des obern Stockwerkes stürzten, das ganze Dach mit sich fortziehend, mit furchtbarem Getöse in die benachbarten Straßen hinab.

Gleichzeitig strömten die flüssigen Gase und die Essenzen, womit die riesigen Retorten und die durch die Explosion zertrümmerten steinernen und kupfernen Behältnisse gefüllt waren, die berstenden Dielen in eine Feuergarbe hüllend, siedend und zischend wie eine feurige Cascade die Wendeltreppe hinab und verfolgten Luc und Malo auf ihrer Flucht.

Diese flammenden Bäche verwirklichten den Plan des Barons. Sie steckten das Rothe Haus an allen vier Ecken weit besser in Brand, als Kerjean selbst es hätte thun können.

Als der Herr und der Diener sich wieder in dem Gäßchen l'Estouffade mitten unter einem rauchenden Trümmerhaufen befanden, entzündete sich das ganze Gebäude mit so reißender Schnelligkeit, daß augenscheinlich weniger als zwei Stunden hinreichen mußten, um es von oben bis unten zu vernichten. Ueber dem Rothen Hause färbte der Himmel sich wie Blut.

»Wohlan,« sagte Luc mit dämonischer Genugthuung bei sich selbst, »nach dieser Seite hin wenigstens triumphire ich. Weder die Goult noch Jane von Simeuse sind für mich fortan zu fürchten! Die Nacht ist gut. — Morgen wird es Zeit sein, René von Rieux ausfindig zu machen.«

Dann noch einen letzten Blick auf die immer mehr um sich greifende Feuersbrunst werfend, lenkte der Baron seine Schritte nach der Stelle, wo Morales, fest eingeschlafen auf seinem Eckstein sitzend mit den Pferden wartete.

Eine halbe Stunde nach diesem Augenblick war Luc wieder in seinem Hotel. Er legte zum zweiten Male seine Teufelsmaske an und erschien wieder in den Salons gerade zur rechten Zeit, um den Abschiedsgruß und die Glückwünsche des Herrn von Sartine, Generallieutenants der Polizei des Königreichs, zu empfangen.

Ende von »Das Haus der Geheimnisse«.

Die Fortsetzung und der Schluß dieser Erzählung erscheinen nächstens unter dem Titel: »Jane und Carmen.«

Druck und Papier von Leopold Sommer in Wien.